MEIZI

遇见

丁立梅 著

图书在版编目（CIP）数据

遇见 / 丁立梅著. -- 北京：西苑出版社有限公司，
2025. 2. -- ISBN 978-7-5151-0922-0
Ⅰ.I267
中国国家版本馆CIP数据核字第202474TX99号

遇见
YU JIAN

作　　者	丁立梅
项目统筹	许　姗　汪昊宇　肖毓鑫
责任编辑	汪昊宇
文字编辑	肖毓鑫
责任校对	方宇荣
责任印制	李仕杰
开　　本	680毫米×940毫米　1/16
印　　张	15.25
字　　数	211千字
版　　次	2025年2月第1版
印　　次	2025年2月第1次印刷
印　　刷	小森印刷（北京）有限公司
书　　号	ISBN 978-7-5151-0922-0
定　　价	39.80元

出版发行	西苑出版社有限公司
	北京市朝阳区利泽东二路3号　邮编：100102
发 行 部	(010) 84254364
编 辑 部	(010) 64214534
总编室	(010) 88636419
电子邮箱	xiyuanpub@163.com
法律顾问	北京植德律师事务所　17600603461

序言 遇见

常常，我们不期然的，会相遇到一棵树，一丛花，一个人，一首曲子……在相遇的刹那，心中沉睡的弦，被轰然弹响，哦，原来，你也在这里。仿佛前世约定。

一处小院子。院墙上，爬满三角梅，密集的花朵朵，像火焰似的燃着。从院子里突然走出一个小姑娘。小姑娘七八岁的模样，穿一件短衫，赤着脚。她跳着去摘院墙上的花，一朵一朵往头上插，嘴里面哼着歌。很快，她的头上，插满了三角梅。玫粉的一堆儿，映着她那张苹果脸，像是有一个春天在盛开。

我远远站着看，看了许久，看得心里柔波荡漾。那是云南的乡下，山野寂静，房檐低矮，却因那活泼的花和活泼的孩子，散发出甜美和温馨来。后来的日子里，我总会不经意想起这场遇见。我知道，在我看不见的地方，一些美好和纯真，它们在着。这让我很得安慰。

上班的路上，有一片废弃地，矮墙围着，里面杂草丛生。杂草自然没什么看头，我每次路过，都是匆匆而走，很少会送它一瞥的注视。

一天黄昏时，我又打那儿过。无意中看过一眼去，竟有星星点点的红，扑进眼里来。在将暮未暮的天空下，那些红，真是夺目。我跑近了一看，差点乐坏了，竟是一丛胭脂花。它因误入野草家族，被欺负得有些瘦骨伶仃，生活的热情却不肯丢，到它该开花的时候，它坚决地开了花。一朵一朵，鼓着腮，噘着嘴，得意扬扬地吹起小喇叭。我似乎听到花朵的笑声，咯咯咯的，滚落在草丛中。我在那里站了很久，微笑着看，心里划过一条又一条感动的波纹。寻常的黄昏，因了这些胭脂花，变得可爱起来美好起来。

逛地摊，遇到一枚铜戒，上面雕一朵古铜色的花。花朵儿盛开着，天真拙朴。在一堆的玻璃珠子和银手镯中，它显得那么与众不同。如谁在上面施了魔，定定锁住了我的心。一旁的朋友说，这是假的，不值钱的。我不介意，赶紧掏钱买下它。套我手指上，刚刚好，仿佛定做。这种相遇相知的缘分，是无价的。

去商场购物，被一首曲子缠上了。那是商场的音箱里播放的，从一片喧闹中腾跃出来。我傻傻地站在门口听，整个人动弹不了。天冷，风呼啸着扑过来，也不管的。路过的人好奇看我，也不管的。曲子冷艳，似秋风吹过山林，溪水清瘦，弯月如眉。我在曲子里沉沦，百转千回，如遇爱情。

人生的每一次遇见，都是生命中巨大的欢喜。喏，就是这样的，我就在这里，靠近，且温暖。

目 录

第一辑

佛不语

婺源的水 ···002
相遇冰峪沟 ···005
访径山寺 ···007
家常的同里 ···010
枫泾虫鸣 ···012
马踏湖的春天 ···015
缸顾的菜花 ···017
到古镇去寻古 ···019
佛不语 ···023
人间的羊卓 ···025
雨探宏村 ···027

泉州，泉州 ···029
乌镇 ···036
水做的凤凰 ···040
夜宿西塘 ···046
大山深处的苗寨 ···052
青山隐隐水迢迢 ···058
一个人的丽江 ···064
心中的日月 ···070
北方的秋天 ···078
最美的时光 ···080

第二辑 做一只陶罐

做一只陶罐 …084

三月的田野 …087

清明风 …090

少年游 …092

一朵梅花的一生 …094

看海 …096

洗手做羹汤 …098

幸福的盘子 …100

苦趣 …102

小鸟每天唱的歌都不一样 …105

那个借我肩膀哭泣的女子 …108

第三辑 一折青山一扇屏

一折青山一扇屏 …114

偶遇 …117

她不是一棵树 …119

不要碰疼她 …121

跟着一只蝴蝶走 …123

美丽的南国树 …125

会说话的藏刀 …127

尘世里的初相见 …130

草地上的月亮 …132

那些花朵儿 …135

镇静如花 …139

每个人的屋顶上，都罩着金光 …141

第四辑 那些水样流过的句子

《诗经》里的那些情事 …144

樱花般的少年时光 …150

泛紫的细云，轻飘山顶 …154

隔世茶 …157

远古的邂逅 …160

红叶梦 …163

那些水样流过的句子 …166

老鱼吹浪 …168

平儿的爱情 …170

谁裁银笺彩缕 …172

断翅的蝴蝶 …174

琉璃世界的白雪红梅梦 …176

云空未必空 …178

王熙凤的寂寞 …181

赵姨娘的花样年华 …184

第五辑 风居住的街道

且吟春踪 …188

风居住的街道 …190

云 踪 …192

一叶知心 …195

红莓花儿开 …197

山楂树 …199

喀秋莎 …201

莫斯科郊外的晚上 …203

云水禅心 …206

望春风 …208

虫儿飞 …210

滚滚红尘 …212

回 家 …214

有面鼓叫阿姐鼓 …216

卡萨布兰卡 …218

雪舞时分 …221

美丽的诺恩吉雅 …223

浪漫的夜色迷离 …225

泪蛋蛋抛在沙蒿蒿林 …228

祈 愿 …230

第一辑

佛不语

你来，或者不来，它就在那里。大爱无言，大音希声，这是佛的力量。

婺源的水

我去婺源时，满世界的菜花都已卸了妆。曾簪着一头黄花的油菜们，那会儿，像极怀孕的妇，笨笨的，相互挤挨着，搀扶着，——菜籽快熟了。当地朋友惋惜地说，你应该在菜花开时来呀。

我当然知道，婺源的菜花是出了名的。但我却很高兴，没有选择菜花黄时去，因为，我撞见了婺源最为本色的样子。

不说江湾，不说晓起，单单看看李坑吧。千年的古村落，周围群山环绕。那些山手挽手，肩并肩，站成一道青绿的屏风，把李坑宠溺地抱在怀中。一条小溪候在村口，像守望的明眸，里面蓄着一往情深。有竹筏停在溪边，撑竹筏的男人，遥遥递过话来，坐竹筏不？我毫不犹豫地摇头回，不。那边不在意，笑笑，又招呼下一个游人。

脚步轻些，再轻些，别惊了那些水啊。别惊了水里的鱼啊。别惊了溪边的野花啊。它们在这里，已安好千百年了。一路的溪水，潺潺，湲湲，把人迎进村子里。

村子不大，微仰了头看过去，一溜的建筑，沿坡而上，黛瓦粉墙，木门木窗，错落有致——典型的徽式建筑。这算不得奇特。奇特的是，穿村而过的小溪，九曲十八弯。看过去，也是沿坡而上的。像游蛇，清清亮亮的，一径向上爬去。

来婺源前，我曾向一个多次带团过来的导游打听，婺源除了菜花，还有什么好看的？她回答得简洁，水。我追问，水是怎样的好看？她答，你就没见过那么清的水。

现在，我就站在这么清的水跟前。我弯腰溪边，掬起一捧，水清冽冽的，从我的指缝间跌落。每一滴，仿佛都带着清甜。这世上，大凡相遇，都是因缘而生，我与婺源的水相遇，也是缘吧。这样想着，心里有着莫名的感动。

这岸与那岸，最狭窄处，不过隔了一胳膊的距离。有当地女子，在我对面洗汰衣裳。红塑料桶里，家常的衣裳，被她一件一件掏出来，放到溪里，不紧不慢地洗汰。我看看她，她看看我，微笑，不说话。

抬头，可望到溪上搁的木桥。之所以用"搁"这个字，是因为，那木桥实在过于简陋，像孩子搭的积木，随便搭上去似的，连扶栏也没有。却有种朴素素的好。有狗跟游人抢道，站在木桥上凝望。不知道它的眼里，望见的是什么样的风景。

不去听导游讲解这个村子多么文风鼎盛人才辈出，我只管走着我的，沿着溪水走。满村飘着木头香，是樟木。当地多香樟树，随便就能相遇一棵千年的樟树。他们用它制成樟木扇子、樟木梳子，雕刻成各种各样的工艺品。甚至，连加工也不要有的，取木，直接锯成一块一块的小圆片，就那样出售。一元钱可以买三块。问，有什么用啊？那边奇怪地看过来一眼，说，防虫啊，买回去放衣柜里。我没买那些小圆片，我买一把樟木梳子，以溪水做润发油，梳理我的长发。我的发上，沾上了樟木的香，溪水的甜。

不知不觉，我跟着溪水转到后村，游人渐少，村庄安静。几个农人闲坐在一座石桥上戏闹打趣，说着我听不懂的当地话，他们干活用的农具，搁在一边。世界再热闹，他们还是过着他们的烟火人生。

几个当地小孩，穿着红红白白的衫子，拿着水瓢，蹲在家门口的小溪边，逗水玩。他们叽叽喳喳，不时惊叫，捉到了！捉到了！

捉到什么呢？我凑过去看，原来，是小蝌蚪。只见溪水里，无数的小蝌蚪，摆动着豆芽似的小尾巴，欢欢的。

我为那几个孩子感到高兴，他们还有蝌蚪可捉。一泓的清水，倒映着他们的身影，红红白白，像游弋的鱼。我以为，那是婺源最美的景致。

相遇冰峪沟

冰峪沟位于大连庄河北部山区，内有众多沟谷，群山一蓬一蓬，散落其间，玲珑秀美。英纳河、小峪河穿梭其中，清亮澄澈。山枕着水，水绕着山，形影相随，不离不弃，勾画出一幅幅妙不可言的天然画卷。人称"辽南小桂林"。

我去时不是节假日，游人不多，山谷寂静，水流声、风吹声、鸟鸣声、游人的轻语声，格外分明。谷里树木繁茂，多古树，古树们沿谷底一路攀升。野花遍地，缤纷喧嚣。开得最为热烈的，当数小野菊了，星星点点，红红黄黄。有趴在裸露的岩石上的，有夹杂在草丛里的，石因它们变得秀美，草因它们变得多情。同行中有女子，忍不住俯身去采那些花，很快手里便有了一捧。花开在她胸前，素衣素妆的她，霎时间有了明艳。男同胞们见状，纷纷加入进去，在草丛里采花。"这朵好！""那朵也好！"——他们欢叫。

不时有小松鼠从林子里跑出来，小尾巴翘得高高的。看见游人，不惧怕，而是好奇地张望一通，复又遁入林子里。

我看天，白云鱼贯而下，与山峰嬉戏，不遥远。仿佛只要我登上山顶，便可以捉到它们。我看山，山连山，把眼睛塞得满满的。

湖水汤汤，倒映着两岸山峦，山在水里走，水在山中行。人最是有福的了，既在水里走，又在山中行。左岸的山，笔直向上，裸露的岩石，有着赭红的皮肤、赭黄的皮肤，斑斓如油画。右岸的山，披了一身红叶做的衣裳，活泼俏丽，风情万种。往后看，是山。往前看，还是山。峭壁秀绝，鬼斧神工。时有一抹艳红跳入眼睛，是野杜鹃吧？是波斯菊吧？山峰无一例外的，都是青得泛黛的。彼时，只觉得身体轻盈，风一样的，飘上去，飘上去。好，且化作那湖中一滴水，且化作那山上一抹红，且化作那山峰上的一朵云……怎样，都是好的。只求与这自然，融为一体。

著名的仙人洞，位于龙华山天台峰的悬崖下。通往仙人洞的路叫"梯子岭"。从远处看，"梯子岭"曲曲弯弯，游蛇一般蜿蜒而上。到底有多少级呢？有说八百的，有说六百的。当地人的歌谣唱得极有意思："上山八百八，进庙就能发。下山六百六，进庙就长寿。"

有洞必有传说，传说曾有一位叫宏真的高僧，在这里修炼成仙。洞府很大，洞中有洞，里面建有庙宇，始建于明朝。庙中供奉的分别是释迦牟尼佛、宝幢王佛、弥勒尊佛，两侧为十八罗汉。右侧，是一幢木结构的二层楼，为"玉皇阁"和"三官殿"，供的是道家尊奉的神仙。在这里，道僧合一，门派不同，却又是殊途同归——积德从善。红尘万丈，人心所向，莫不如此。

一道士从庙里走出，玄衣玄鞋，长发及肩，很有点仙风道骨的气韵。问他："从这里可以攀到山顶吗？"他笑而不答，走到崖边，手把着栏杆向下望。我们亦跟过去，向下望。数座山峰，尽收眼底，远远近近，美不胜收。原来，我们已临近山顶而不自知。

黄昏了，山上，梵音袅袅。山下，人间烟火，已相继升起。

访径山寺

一千两百多年前，年近而立的法钦禅师，云游至余杭径山。径山的钟灵清幽，系住了这位远道而至的僧人的脚步，从此，他在山上结庐定居，种茶礼佛。他断不会想到，日后，他所结之庐，会建成规模宏大的径山寺，位居江南五山十刹之首。南宋孝宗皇帝曾御题寺额：径山兴圣万寿禅寺。

寺兴，自然引来善男信女无数。跋山涉水来此参禅的僧人，亦是络绎不绝。鼎盛之际，寺内有僧众三千余人。文人墨客，也多有造访。其中最著名的，当数苏轼。他一访再访，留下洗砚池一方，诗作数篇，如"雪眉老人朝叩门，愿为弟子长参禅"。而法钦禅师所种之茶，因其味鲜芳，特异他产，成了远近闻名的径山茶，养育了一代又一代径山人。他们在山上栽种茶树，以茶养家，活得如茶一样的滋润与芬芳。

秋末的一天，我慕名去访径山寺。询问当地人，都知道呢，他们黑红的脸上，漾起笑来，哦，是去山上看庙啊。他们用了一个"看"字，亲切、随意，没有距离感，像去看一个关系亲密的人。

曲曲折折的径山古道，宛如一条巨蟒，盘旋而上。道旁遍布植物，野草野花自不必说，时有一棵两棵的枫树，顶着一树火红的叶，站在草的青绿、橙黄与野花的粉白之中，令人惊艳。这自然的色彩的分布，原也是有张有弛的。

竹多,漫山遍野,都是挺拔葱郁的。路一程,竹一程。拐过一个弯,以为到尽头了,哪知一块山石横截,路又拐了弯去,盘旋而上。竹也跟着拐了弯去,高低错落。午后的阳光,透过浓密的竹叶,碎碎的,落在古道之上,像一群可爱的小银鱼,在铺着的大小不一的石块上,活活泼泼地游着。蝴蝶是山上最快乐的生灵了,它们在竹林间,在花草间,自在地穿来穿去,捉迷藏一般的。

静。风不吹,竹不动。听得见花开的声音,蝴蝶飞舞的声音,阳光掉落的声音。走累了,席地而坐吧,摊开一张纸,蘸着阳光,画画眼前的景。一只蝴蝶,把我的纸误当作花朵了,它飞过来,停歇在上面。那一刻,我不敢发出一点声息,我盯着这只蝴蝶看,我确信,它也在盯着我看。在蝴蝶的眼里,我是一棵竹、一株草,还是一朵花呢?

有人声从竹林深处传过来,如喁喁鸟鸣,是些挖笋的山民。路上我遇到几个,提了布袋和小锄头,他们的头上肩上,有阳光的影子在跳跃。他们弯腰在路边,在落叶与草丛中随便一拨弄,一棵肥硕的笋,就到了他们手上。我立在一边看,惊奇地问,怎么知道这下面有笋的?他们答,一看就知道啊。我笑了,他们这话听着禅意得很。

站在高处的亭台上,俯瞰下去,满眼的重峦叠嶂。一畦一畦的茶树,像一条一条的绿带子,镶在半山腰。阳光蒸腾,竹海成浪,一波一波。我由衷地羡慕法钦禅师,这等的好去处,他一住就是几十年。他应算是把佛文化与茶文化融在一体的人了。佛心即茶心,清茶一杯在手,内心澄清,世事通透。

过十八罗汉台、东坡洗砚池、御碑亭,千年古刹就展现在眼前。黄的围墙,红的屋顶与翘起的飞檐,在参天古木的掩映之下,隐隐约约,尤显安谧与宁静。高大的寺门,上书"径山万寿禅寺"。禅院深深,里面有保存完好的古建筑钟楼,有气宇不凡的新建筑鼓楼。晨钟暮鼓,世上光阴，便在此一轮一轮地，悠悠度过。

游人三三两两，都是轻轻的，生怕惊动了佛门清静。有梵音从大雄宝殿后面传过来，袅袅不绝。我以为，世上好听之音莫过于梵音，能让人在瞬间安静。尘世纷扰，没有什么不能放下的，以一颗洁净的灵魂，面对吧。

我在悠扬的梵音里驻足，发痴。我想的是，这古道之上，这古刹门前，谁的脚印叠着谁的脚印？每一脚下去，都有相逢的欢喜。我对着每一个与我擦肩而过的陌生人微笑，能在这古刹门前相遇，我们都是有缘人。

家常的同里

同里的河，都是顺着房子走的，或者反过来了，房子是顺着河走的。岸边人家，几乎家家都设有客栈，写着客栈大名的布幡飘在半空中，红的，黄的，蓝的，街道上空，便弥漫着千年古镇特有的气息。真的走进去了，却是一副现代市井的模样。家家都会做糕点，热腾腾的青团子、芡实糕、桂花糕、花生糕、萝卜饼，还有一团甜蜜的绕绕糖。游人少有敌得住诱惑的，停下，买上几块，边走边吃，无拘无束，像童年回归。

家家门前，都傍河摆着藤编桌椅，上有凉棚撑着，茶壶一把，茶杯几只。你若走累了，就坐下来喝口茶吧。不喝也没关系的，就坐坐吧，坐到天晚了也没人赶你走。一直急不可耐的时光，在这里，缓慢下来，像一方暖阳，泊在那里。真好，不用急着赶路，也没有未完的事在催着，这会儿，你属于你自己，一颗心完完全全放下来，像那房檐下蹲着的一只发呆的小白猫。

发呆？确是如此。河里不时有游舫摇过，那上面就坐着几个发呆的人，脸上有阳光的影子在跳跃。河不宽阔，河水也不够清澈，甚至有点混浊。岸边的倒影，在水中模糊成一团色彩，仿佛有人随意泼上了一大桶颜料。却没有人介意这样的河，没有人介意这样的水，要的，只是这样一个悠闲的日子，承载难得的清静和喜悦。

当地妇人埋首在膝上的筛子里，在剥一些小圆果子。白的果肉出来了，小米粒似的。我站边上饶有兴趣地看大半天。她由着我看，至多笑笑，复低头剥。我终于忍不住相问，你剥的是什么呢？妇人笑答，芡实啊。见我发愣，她说，就是鸡头米啊，可以做糕点，也可以熬汤煮粥喝，养脾脏呢。要不要来点？她问我。我笑着摇摇头。满街的芡实糕，原来是这个做的啊。

游人们这里探头看看，那里探头看看。看什么呢？红灯笼下的人家，一律有着深深的天井。一个天井就是一个或几个故事，几世人的悲欢离合，都化作一院的香。是桂花。每家院子里，似乎都栽有一棵。十月，它的香已浓到极盛处，满街流淌。游人们奢侈了，踩着这样的香，去看退思园，去访崇本堂和嘉荫堂，在三桥那里等着看抬新娘子。

同里的三桥，几乎成了同里的象征。三桥分别是太平桥、吉利桥、长庆桥，呈"品"字形跨于三河交汇处。当地习俗，逢家里婚嫁喜庆，是必走三桥的。做新娘子的这个时候最神气了，被人用大红轿子抬着过三桥，边上有人口中长念，太平吉利长庆！探问当地人，这风俗起于何年何代呢？都笑着摇头说不知。祖上就是这样的啊，他们平静地说。祖上到底有多久？随便一座桥，都沐过上千年的风雨——这一些，在一路奔来的外地人眼里，都值得惊叹，同里人却早已把它化作淡然。有什么可惊可叹的呢，他们日日与之相伴，成为家常。

天光暗下来，游人渐散，同里回归宁静。我回入住的客栈，那是幢老宅院。走过一段狭窄且幽暗的通道，方可进入天井。二层小木楼，木格窗，古朴朴的，很久远的样子。我坐在天井里，我的背后，是一些肆意疯长的花花草草。一只猫蹲在一口瓮旁，静静看我一会儿，跳过窗台去。我跟主人王阿姨聊天，我说你们同里出过很多名人啊，你家祖上是做什么的？王阿姨低头笑，说，小老百姓呢。她提一壶茶，给我面前的杯子斟满，问我，明早想喝粥吗？我煮粥给你喝。

我笑了。这才是好，小老百姓的日子，本是现世的，当下那一茶一饭的温暖，才是顶重要的。

枫泾虫鸣

江南的古镇，是离不开水的，枫泾古镇也不例外。周围水网密布，河道纵横。窄的地方，两岸树木能握手畅叙。宽的地方，可供十只八只小舟并驾嬉戏。水多，桥必多。说"三步两座桥，一望十条港"有点夸张了，十步一桥，那是差不离的。多，多达五十二座。或平或拱，或弯或曲，多为石头或青砖垒成，绿苔暗生，树木掩映。它们是古镇的骨架子，把一座古镇千百年的风情，给撑了起来。

市河算是古镇最主要的一条河流，贯穿南北。有人也叫它枫泾河。这个名字听起来更有意蕴，枫树成溪成泾，该多美。枫树我倒没见着几棵，或许有。一棵粗大的合欢树，撑在竹行桥的桥头，枝条俯身下来，几乎要匍匐到桥栏杆上去了。时序已近仲秋，合欢花们还如朝云般的，在枝头欢欢地开着，载歌载舞。

古镇当年的繁华，应聚集在这条河上。两岸人家的房子，和风雨长廊，都傍河而建。有意思的是，它们不是相向而建，而是这岸的人家面河，那岸的人家背河。随便挑一处长廊坐下，喝点什么，或什么也不喝，就那么闲闲地望着对岸枕河人家。那真正是铺开的水墨画卷呀，仿佛谁在宣纸上，那么漫不经心地勾勒着，淡几笔，粉墙出来了。浓几笔，黛瓦出来了。然后，骑楼、勾栏、重檐、亭阁，一一都出来了。木格窗半开着，有后门可供出入，层层石级下到河沿，散漫中，透出匠心。植物们也都秀眉秀眼着，铜钱草，或是太阳花，或是小朵的海棠，或是绿萝，搁在窗台上，或吊挂在墙上。我想起王勃在《滕王阁序》里的描述："披绣闼，俯雕甍。"觉得应用到这里来，也很贴切。眼前之景，虽没有滕王阁那样的精美华丽，却也是端丽可人的。这样的地方，适合缓缓看，缓缓归。

还是这条河。当年吴、越两国，曾在此河上立界，南归越，北归吴。我穿过界河时，想自己一只脚踩在吴国的领地上，另一只脚已跨到越国的家门口了，我如此轻松地一越，千百年前的人们，不知因此流过多少的血泪呢！人是顶顶奇怪的生物，占有欲极强，总喜欢霸占本不属于自己的东西，比如说，争江山。时间会证明给人类看的，江山最后谁也不属于，江山只属于它自己。

老百姓的日子却是家常着的，风雨不动安如山。小巷连着里弄，木门木窗青石板，抬头仰望，是一线天空。昔日的老房子里，生活还是生活，阿婆们就着一方长桶，剥着新收上来的菱角。做芡实糕的女子，裹在一团香雾中。有妇人手指飞速翻转，她的手边，已垒着一堆包好的粽子。有年轻妈妈抱着牙牙学语的小娃，坐在屋檐下，一遍遍教小娃叫，妈，妈。奶声里，就有了一声声，妈，妈。听得人心里软，继而眼睛湿润。再难懂的方言，一声"妈"，却几无分别。裁缝铺里，忙得很，布料子红红绿绿堆着，老裁缝拿着皮尺，在给人量尺寸。有丝瓜花和扁豆花，攀爬在人家屋檐上，安安静静开着。

晚上，在河边坐定，叫上三五个家常菜，慢慢吃。两岸的红灯笼，倒映在河里，一河的水，都变得妩媚起来。风轻轻吹着，耳边有吴侬软语响着。一时间恍惚，我是来看这灯光的吗？是来看这黛瓦粉墙的吗？是来寻访古桥、寺庙和牌坊的吗？都是。而我似乎还在期待着什么。

八九点的时候，老街上的灯光，一盏一盏熄了。木板门"咔哒""咔哒"上了闩。我走在深巷里，只听见我的脚步声在响，星星们亮在头顶上。突然，有虫鸣的声音，传了过来，从那幽暗的里弄深巷处。起初也只是一两声，曜曜，曜曜。清脆、空灵。接着声音多起来，唧唧，吱吱，啯啯，这里，那里，千万只虫子叫起来，共奏一段小夜曲。我循着虫声找去，它们伏在哪片黛瓦上呢，或是躲在哪块青石板下呢？或者，就在那一丛扁豆花里，在那一蓬丝瓜花中。或者，就在那石槽供养着的铜钱草和晚荷中。

一个古镇，淹没在虫鸣声中。夜，夜得相当纯粹，再无别的声响。

马踏湖的春天

四月里去马踏湖，不是好季节。要到七八月，才是马踏湖最美的时候，桓台的朋友这么说。

但我还是决定前往。去之前，已听说了关于马踏湖的传说：春秋战国时期，诸侯纷争不断，齐桓公在取得霸主地位后，于桓台的起凤镇，布兵列阵，召集各国诸侯。各国诸侯应邀前来，一时间战马嘶鸣，马蹄声阵阵。战马所踏之处，地陷成湖。

马踏湖还有个颇具诗意的名字：锦秋湖。盖因苏东坡曾泛舟湖上，留下诗句："卷却天机云锦段，从教匹练写秋光。"人便取了诗中的"锦"与"秋"两字，来命名此湖。不过，当地百姓还是喜欢唤它马踏湖。你故意问他们，为何叫马踏湖啊？他们会一脸认真地回你，因为是马踏出来的啊。千古的传说，深得人心。

我们到达时，天色已晚，湖区安静，见不到别的游人，除了我们一行。五贤祠掩映在绿树繁花中，里面供奉着战国的颜斶、鲁仲连，汉代的辕固、诸葛亮，还有宋代的苏东坡。我暗自笑了，桓台人真有意思，让这五个八竿子打不着的人住到一起，他们是一起谈文论道好呢，还是一起布兵列阵好呢？

沿着一条道走了很久，呈现在眼前的是一片洼地，又一片洼地。洼地上的芦苇，才刚刚冒出来，露出点点新绿，适合遥看，就是没看到湖。我疑惑了，问桓台的朋友，怎么还不见湖？

桓台的朋友"啊"一声，笑了，这就是马踏湖啊，你脚下就是。

我脚下就是？我又惊又喜。原来，湖也可以是这个样子的，不是成片的，而是由一个一个的洼地组成。

一当地妇人看见我们一行人，高兴地扛着她的竹篙跟过来。坐船玩啊，坐船好玩，她建议我们。

不想令她扫兴，且我也很想进湖去看看，遂跟着她走。

水域渐渐多起来，东西交叉，南北交叉。渠道据说达两千多条，如同水设的迷宫。湖边泊小船若干，秀气得都像纸叠的。妇人解索撑船，动作麻利，小船晃晃悠悠的，载着我们向远处漂去。远处是哪里呢？水道连着水道，不知有多少重。岸边新绿茸茸，转过头来是绿，掉过头去还是绿。湖风漫漫，湖水青青，仿佛那水里面也生出了无数的绿芽芽。

妇人跟我们聊起来，告诉我们，七八月里，这湖边的芦苇长得可高了，湖上荷花也都开了，湖里的鱼虾也都肥了，每天都会有好多的人来这里玩呢。话匣子一经打开，她索性不撑篙了，任由小船随水漂去。她挥动手臂，这里那里指给我们看，嘴里急促地说着什么。话说得又快又急，我们就不大听得懂了，但明显地感觉到她的兴奋。这样的情绪，让我们愉快。是的，我们都很愉快。有这样的湖可看，有这样的小船可坐，有这样的乡音可听，真的是件非常惬意的事。

我们一直待到天完全黑下来，才弃船登岸。妇人跟我们挥手告别，她殷切地邀请我们，夏天再来啊，夏天来这里可以看荷花，还有新藕吃。

缸顾的菜花

缸顾是个地名，隶属于江苏兴化市。关于这个叫得颇有些奇怪的地名，是大有来头的。传说七百多年前，江东叛乱，一对顾姓夫妇，被元兵追杀，一路逃奔，奔至江边再无退路。幸好江上浮来一缸瓮，顾姓夫妇赶紧躲进缸瓮内，随水漂去，北渡过江，这才躲过了劫难。他们到达今兴化市境内，在荒野偏僻之处，拣一高地落户生根。为纪念救命之缸，他们把庄名，定为缸顾。从此，过起与世无争的耕织日子。

缸顾在它的菜花未曾扬名之前，并没有因这个传说，而声名远播。它是寂寂的，寻常的，生存与繁衍，是它每日里为之奋斗不懈的事。因地势低洼，它常年被大水淹没。一代一代的缸顾人，硬是从水下取土，小鸟衔泥筑巢般的，一点一点，垒成一方一方的垛田。他们根本不知道，他们于无意之中，成就了怎样一份壮观。现在的缸顾，万亩平川，河泊纵横交错，放眼望去，那些垛田，很像一叶扁舟，大小不一，姿态随意地飘荡在水面上。又像一座座小岛屿，散落在水中。想象着吧，那上面纵使什么作物也不长，只任青草肆意，一垛一垛的青绿，也是蔚然的。何况，开出一片金黄来？

缸顾的菜花，和别处的菜花，其实并无二异。都是一统天下的黄，黄得透心透肺，黄得淋漓尽致，黄得不管不顾。花碎碎的，紧密密缀在一起，不是一朵一朵地开，而是商量好了似的，一簇一簇地开。

可是，缸顾的菜花，又分明和别处的菜花不一样，它浸染了水的灵气，得道成仙了。坐小船，从一条河，拐进另一条河。沿岸铺开的，除了菜花，还是菜花，一垛一垛，垛垛灿烂，像巧手绣上去似的。绣？太慢了。它更像是谁提来黄漆桶，拿把大刷子，唰唰唰，埋头一气乱刷，给刷出来的。

河不规则，曲里拐弯，游蛇一般的。那一垛垛菜花，也跟着曲里拐弯。你很想到那尽头去，然寻到尽头，又进入另一条河道。河与河相通，连环套儿似的。两岸又是垛垛金黄，你走进迷宫了。你疑惑，那菜花是开在水上的，它们甜蜜安详，与水嬉戏。而你不过是个莽撞的客人，误入了它们的领地。惊起一滩鸥鹭？鸥鹭是没有的，船头上，有几只蝴蝶在舞翩跹。问，这蝴蝶怎么不去菜花地里，而飞到船上来了？那边答，是因为船上装满菜花香的。

这回答妙。想想吧，船一直穿行在菜花垛里，哪有不被菜花香浸透的道理？在这垛垛金黄里转着圈儿，水是菜花的，船是菜花的，人也很菜花了。人间仙境，莫过如是。

当地人却平和得很，他们日日与这样的景色为伴，已与它浑然一体。扎红头巾的女人，慢慢摇着橹，目光散淡地落在那些菜花垛里，脸上波澜不现。问她们，这油菜，是为了举办菜花节特意种上去的么？她们说，不是啊，是随便栽种的啊。她们说，早些年，这垛上就这么长着的。她们说，等菜花谢了，就放了船来收菜籽，每家都有好几条小船的，我们出门就靠船呢。她们说，菜籽收过后，这些垛上，该长芋头了。

到古镇去寻古

古镇真的很古，始建于唐开元元年，且有个让人浮想翩翩的旧名——东淘。东临大海，大浪淘金——金是没有的，却有盐，至清嘉庆年间，这里已有灶户19694家，灶丁48413名。傍镇有南北贯通的串场河，河面上整天船只往来，桨声欸乃。去时运盐，回时黄石板压舱。一日一日，那带回的黄石板，竟在镇上铺出一条七里长街。

有街，人烟必旺。于是，一家一家的店铺林立起来，连成一片，连成黛青色的丛林。飞起的檐上，乌青的瓦当，展翅的燕似的，歇在上头。上面刻着"福""禄""寿""喜""财"等吉祥的字样。做买卖的乡下人，肩上担一副担子，担子上搁着乡下的土特产。有时他会带了小儿来看稀奇，手里牵着，走上街头。那小人儿哪里见过这等热闹和繁华？脚步迈不动了，眼睛不够转了，隔着行人缝隙，指指店铺里那花花绿绿的糖人要买。指指冒着热气的肉包子要吃。乡下人节俭，也不富裕，哪能都满足了？被做父亲的呵斥着一路走去。也有耍杂耍的，沿街的铜锣敲得当当当，找一块空地，一圈的人，立马围了去。

这是当年的尘世喧闹，如春天的金盏花开，瓣瓣都是金黄的灿烂。历史翻转过一页，再一页，千年时光，也是悠悠过。我在一个冬日的黄昏，走近古镇，一个人。街上有另一番尘世的热闹，现时的。商店的音响里，放着流行歌曲。卖水果的摊儿，恨不得摆到街中央，蜜黄的是桔和橘，青中带红的是苹果。我绕过那水果摊，去寻七里长街。问街上走着的一个人，知道七里长街吗？他纳闷地看着我，笑问，哪里有？

亦笑。真的呢，历史已走了这么久这么远，好多的痕迹，早已被风吹雨打去，哪里可寻？但到底还是留了痕迹。黛青的房，在小巷里。明清时的建筑呢。门板已风化成紫黑，门板上的铜锁扣，锈迹深重。轻抚，感觉手底下，有历史的风，猎猎吹过。我与谁的手印重叠了？谁又曾在这个门里，笑望月升日落？不可知了。抬头，那乌青的屋脊上，长一蓬狗尾巴草，在这个冬日的黄昏里，它们很深沉地沉默着，仿佛也是一段历史。

小巷静。有的房内还住着人。有的房内，已不住人了。房都是几进几出的，好内容全在深深处，一家老小的饮食起居都在里头。有花草长得茂盛。庭院深深深几许。天色渐暗，老房子里的光线，便彻底地暗下来。探头过去，需要静等几分钟，方能隐约看见屋内的人和物什。有剃头师傅，还使着老式的剃刀，不紧不慢地在给一个顾客剃头发。剃头师傅很老了，顾客亦很老了，他们的身影，隐在一段幽暗里，是一段旧时光。没有什么声音可以打扰他们，他们在旧时光里，安详。

再有一间房，房内摆满布鞋，一个老人，正抽拉着鞋线在做布鞋。我想起那些年月，母亲坐在煤油灯下纳鞋底，白棉线抽得哧哧哧的，冬天的深夜，因此有了温度。沿着黄石板铺成的街道，慢慢走，这上面，不知走过多少双布鞋呢，不知走过多少母亲的牵挂和疼爱。富商也好，盐民也罢，总有一个母亲，在为他祈愿，岁岁平安。这样一想，再古老的历史，不过是母亲的历史。

真的就见到一个母亲，很老的母亲了，百岁老人呢。七十多岁的儿子，守着她，在老房子里过。我进去，老人挂着拐，站门边，笑微微看我。她的儿子是她最好的讲解员，讲她这么大年纪，还穿针走线，吃饭穿衣，都是自己打理。还说一事，说她自从嫁过来，一直义务清扫周围的街道，前两年还清扫呢。儿子说时，做母亲的一直侧耳倾听着，很放心很满意的样子。上帝厚待仁厚之人，这个老人，就是最好的见证。我转头，看到几盆植物，在小院子里，绿得欣欣向荣。

保存完好的鲍氏大楼是必去看一看的。建于清代的鲍氏大楼，一律的徽派建筑。这里曾经车如流水马如龙，是占地三千多平方米的钱庄，房屋一直延伸到串场河边。每间房的设计都独具匠心，连支撑柱子的石础，也马虎不得，上面精雕细琢着一些动物或花卉。鲍家有后人，守着一间房。是个很精神的老阿婆，围着家常的围裙在做家务。见到有人去，笑着搭话，伸手一指案桌上一个相框，里面一男子风度翩翩。那是我男人，她说。

我笑。无端地想起一首词来，"雕栏玉砌应犹在，只是朱颜改"。出门来，院子里静。照墙站成喑哑的暮色风景，下面爬满岁月暗生的绿苔，不见了曾经的车水马龙。有人在照墙上探了头看我，忽又隐到后面去了。四周真静啊。

沿了麻石板铺成的小甬道，一路西行，搭眼望去，就是串场河了。当年河水涟涟，波光桨影，现如今，河已塌陷，水也很浅了。这个季节，荒草和芦苇，都顶着一身的枯黄，让人心里顿起凄凉之感。无论岁月曾经如何繁华，谁能拽住岁月的衣襟呢？我们能做的，一是怀念，二是珍惜。

还有汪氏建筑群。还有吴氏家祠。还有万氏古宅、郝氏古宅。还有朱家大院、曹家大院。还有钱维翔故居、袁承业故居……

九坝十三巷七十二个半寺庙，到底是怎样的鼎盛？

那里，盐民哲学家王艮在漫步，平民诗人吴嘉纪在徜徉。

风从南边吹过来，又从北边吹过去。"扬州八怪"之一的郑板桥，对着秋风吟出"一庭春雨瓢儿菜，满架秋风扁豆花"，现世安稳的模样。他住过的大悲庵呢？那里长一棵苦楝树，有鸟从光秃的枝头飞过，一路高叫着飞到别处去了。

人类的承接，原是错综纠缠的脉络，树根似的，盘结而下，与坚实的大地紧紧相连。当我们触摸到那个源头时，我们懂得了，历史的另一个名字，叫厚重。我们唯有尊重和敬畏。

佛不语

去威海,是要去赤山看看佛的。

它原是住在赤山红门洞里的山神,被称作赤山明神。赤山因它,成为东方神山,名扬天下。传说其法力无边,福佑大千,功德无量。在日本、韩国也备受推崇,那儿的许多寺院里,至今仍供奉着它。佛不分国界,佛光普照。

赤山山势起伏,壁立千仞。旁有大海缠绵悱恻,海水湛蓝。阳光下,海水闪着绸缎似的光泽。佛坐在高高的山巅之上,坐南朝北,面向大海,目光平和,稳重厚笃。它的左手随意搭放着,右手臂提起在胸前,手掌向下。如慈母在照看孩子,孩子正蜷伏在她的怀里呢,她提起手臂,想抚摸自己的孩子。哪里的佛,都是这样的,身上罩着母性的光芒。世上母亲,原都是佛。

我们一路行去,阳光透明,反倒蒸腾起一片雾霭,如轻纱缥缈。赤山便笼在这样的轻纱里,梵宇僧楼,婉约其间。不时相遇到绿树红花,人一样的顾盼生姿。你停下,与一棵树,或是一朵花对视久了,不由得笑了。到底是神山啊,那树那花,仿佛就要开口说话。

大佛高达五六十米。人站在下面,人如蚂蚁。我们这群蚂蚁仰望着慈眉善目的大佛,心像被什么点化了似的,一时安静无语。对佛,你可以不信，但不可不敬，这也是对他人信仰的尊重。

年轻的导游小姐考我们，你们知道佛的右手掌为什么向下吗？大家说出的答案五花八门。最有趣的一个答案是，佛要伸手拿东西吃。这是烟火凡尘里的佛。大家都笑起来。

真正的答案却是，海上多风浪，佛掌向下，是为了抚平海上风浪，让出海的渔民，和过往的商贾船只，能安全上岸。所以，当地人逢年过节，或是出海远航，都要到佛前拜一拜的，求健康求平安。

同行中一大男人突然问，灵吗？

导游小姐回眸一笑，说，当然灵，只要你心诚。

男人立即面对佛像，双手合掌，目光低垂，如此长达五六分钟之久。等他拜佛完毕，大家取笑他，你也信这个？他笑了笑，没说什么。后来才听他说起，他的妻子生病不断，他拜，求的是心安。

同行中一女孩，一路之上，很少说话，心中似有悲痛无法化解。当我们踏上一百零八级台阶，抵达佛殿，看到她正低眉敛目，跪伏在佛前。我们没有打扰她，默默绕开去，在殿外等。

许久之后，她出来，脸上现出笑容，人也变得活泼起来，主动跟我们提出，要和我们合影留念。她心中的结，一定对佛讲了。佛不会背叛，不会泄密，佛是最好的听众。

我们下山去，相遇到另外几拨人上山，他们亦是来看佛的。佛不语，它坐在高高的山巅之上，一日一日，守望着红尘万丈。你来，或者不来，它就在那里。大爱无言，大音希声，这是佛的力量。

人间的羊卓

从海拔5000多米的甘巴拉山下来,远远就望见了一枚蓝,像块蓝宝石似的,镶嵌在喜马拉雅群山之中。又似一根蓝色绸带,系在山腰间。导游小闫宣布,羊卓雍措到了。

羊卓雍措,在藏语里是"碧玉湖""天鹅池"的意思。它是西藏的三大圣湖之一,是喜马拉雅山北麓最大的内陆湖。因汊口较多,像珊瑚枝一样,藏人又称它为"上面的珊瑚湖"。

一车人激动起来,啊啊啊大叫,手舞足蹈,恨不得立即跳下车去。司机见多这样的场景,他笑了,慢条斯理说,别急,车可以停到湖边去的。

真的靠近了。眼睛和心,立即被蓝填满。那是怎样的一汪一汪蓝啊,比天空的蓝更深邃,比大海的蓝更醇厚,蓝得一心一意,蓝得彻彻底底。仿佛蓝缎子似的,在阳光下抖开,风华绝代。又如凝脂,蓝的凝脂,细腻温润。我的耳边响起当地民歌:天上的仙境,人间的羊卓。天上的繁星,湖畔的牛羊。

湖这面有高高的草甸,碧绿的草,密密匝匝。湖对面有像版画似的山,山脚下绕着绿的青稞黄的菜花。天空蔚蓝,白云几朵,与蓝的湖相互辉映,摄人魂魄。我的高原反应激烈,呼吸渐感困难,但我还是坚持下了车,手脚并用爬上湖边的草甸。

草甸上，一群忘乎所以的游客，在清冷的风中载歌载舞。然歌声也只响亮了一会儿，便停息下来，高原氧气不足，实在不宜大声。那么，就静静的罢，我坐在草甸上，面对着温润如玉的湖，有一刻，我不能相信自己，真的就来到了这个地方。是我吗？是我吗？我这么问自己。浩渺的宇宙中，我也是一个存在，如这片高4441米的湖。我为这个存在，感动得双眼蓄满泪水。

我的身旁，出现了两个十八九岁的男孩，他们戴着头盔，腿上绑着护膝，脸庞黝黑，风尘仆仆。他们先是怔怔地望着这片湖，而后，双膝突然跪下，对着这片湖，哭了。

我从交谈中得知，这两个孩子是武汉某大学一年级学生，对西藏一直很神往。暑假前，同宿舍五六个人一合计，决定骑车进藏。途中，有四个同学先后撤退，剩下他们两个。为了省钱，他们没住过一天旅舍，没进过一次饭店，困了，就睡在随身带的睡袋里，饿了，就吃一些饼干或是方便面。也曾想过放弃，但却心有不甘，神圣的土地就在前方，他们一定要踏上它，也算完成人生的一次挑战。最后，在历经一个月零六天之后，他们终于到达拉萨，到达这里。

我祝福了他们。我想，他们吃得了这样的苦，将来的人生，还有什么坎不能迈过去呢？

风凉，湖边不能久待，短暂的会晤，我们不得不离开。我们各自上路，萍水相逢，却有了共同的思念，这片湖，这片蓝，将几回回梦里相见？

同行中有人叹，真想在这湖边搭一座小木屋，日日与这美丽的湖相伴。立即有人接话了，这么高的海拔，你待一会儿可以，待上十天八天的，怕是小命早没了。我在一旁听得高兴，这真是好，它美得高不可攀，这才保持了它的本真。如佛祖流下的一滴泪，永远纯洁晶莹在那里。

雨探宏村

宏村，安徽黟县的一个古村落，始建于南宋绍熙年间。原名弘村，取弘广发达之意，清乾隆年间改名为宏村。村落背山面水，开仿生学之先河，建造了堪称"中华一绝"的古水系牛形村落。村中鳞次栉比的古民居，没有多余的色彩，就是黑与白。白的墙，黑的瓦，一清二楚着，又是眉清目秀着，被誉为"中国画里的乡村"。

去宏村那天，天公不作美，雨缠绵地下个不停。游人却不见少，游客们裹着雨披，撑着雨伞，摩肩接踵。雨披和雨伞的色泽多艳丽，如同千朵万朵繁花开。一个黑白世界，被点缀得五彩斑斓，活生生绘出另一番景致。

村口两棵古树，被当作村的"牛角"。一棵红杨树，一棵白果树。都五百高龄了，却不显老，在雨水的洗濯之下，叶片儿绿得发亮，翁翁郁郁，笑迎四方客。

入村，扑面而至的是一面湖。湖叫南湖，是宏村的"牛肚"。湖有些袖珍，稍稍抬眼，就可以望到对岸。一汪细波轻翻的水，清得粉绿粉绿的，很柔嫩的感觉。一只水鸭，白身子灰掌，在湖中一方裸露的石头上，漫不经心梳理着羽毛，悠然自得。有游人拿它做背景拍照，它不惊不乍，一副见多识广的模样。

去探了南湖书院。这是当年徽商们教育子孙成才的地方，里面刻有朱熹的治家格言，供有孔子像。他们设学堂，请先生，大开重文化重教育之风。而他们自己，也熏陶成了儒商。

游人们涌到一幢非常气派的古宅院里。我跟进去方知，那是被喻为民间故宫的承志堂。当年，发达起来的徽商汪定贵，带回金银细软无数，破土动工砌了这座宅院，前后花费五六年的时间，单单天井就开了九个。宅子里的每一方砖，每一截木，每一块石头，无不用尽匠心。上面的雕刻，精湛非常，随便取下一小块，都是非同寻常的艺术奇葩。比如，那横梁上的"百子闹元宵"图。一百个小儿神态各异，活泼伶俐，令人叹为观止。民间多能人，从这里的砖雕、石雕和木雕上，更能说明这一点。——离艺术最近的，往往是民间百姓。

游人们随着导游，捉迷藏似的进了一间又一间房，不时发出惊讶的叹声！我独独对小姐的绣楼感兴趣，天井敞亮，雨悉数落下来，润泽着几盆盆景。抬头望，楼上暗得很，四壁都被严实地圈住，圈成一个笼子。我想，若是有来生，她当不愿生在这等富贵之家，做那笼中鸟罢。她情愿做寻常人家的女儿，濯足在南湖边，浣衣于月沼畔。

月沼其实是人工开挖的一方池塘，呈半月形。塘边的徽式建筑，错落有致地排列着。水映着房，房衬着水，形成独特的人文景观。

至于月沼为何挖成半月形，有不少的传说。其中，我最喜欢的是关于一个女人的。那个女人叫胡重娘，她的男人和大多数商人一样，重利轻别离，几年难得一回见。她便出资挖了这方池塘，以寄托相思，取花半开、月半圆之意。

站在月沼前，我望着那一池碧清的水，无端想起苏东坡的词："人有悲欢离合，月有阴晴圆缺，此事古难全。"好在花半开，月半圆，还让人存着念想。再等等，再等等，总也能等到花好月圆的那一天。

泉州，泉州

一

十一月末，我到泉州，泉州用雨迎接了我。

小雨下了一天一夜。

我住在风雅颂书局的民宿里。民宿在五店市，栖身在一群老建筑中。

月洞门进去，有小小院落。红红的院墙上攀着三角梅。在南方，见多了这花。它一旦开起来就没完没了，用汹涌澎湃来说它，一点不过头。打扮得又艳丽又妖娆，或一身红彤彤的红，或一身富贵昂扬的紫，或一身橘色，或一身素白。它让人误以为它就是风华绝代的，真是聪明得有些狡黠了，鬼精灵般的。其实呢，它的花朵，细小得很，乳黄，藏在艳丽的三枚苞片间。如它这般懂得包装自己的花，少见。我每回见，每回都要惊诧惊喜。

院落的花架上爬着蜜豆花，现时不见花，只见叶。这也是好的。密匝匝的叶片，油亮油亮的，它们倒垂下来，跟耍杂技一般。花架下安放着一架秋千，秋千上没人荡的时候，就荡清风，荡日影，荡星光，荡雨声。

雨声真好。我在二楼的廊下听雨，廊下置有茶桌，背后倚着一簇茂密的竹子。雨滴答滴答，如弹六弦琴。苏东坡的赏心事里有，微雨竹窗夜话。又有，雨后登楼看山。我轻易就得到了这样的赏心事。

当然，夜话最好不要，我情愿沉默。在这样的老房子里，实在不宜多话，就听听雨敲竹叶吧，一声一声里，敲的都是从前的韵律。从前的那户人家，去了哪里呢？我在那木门上，闻到了面线糊的味道。还有润饼的味道，薄薄的面皮里，包着万般滋味。在这里，芋头可以跟南瓜相亲相爱，鸭蛋里可以灌进去肉末。甜汤里的芸豆，吃起来很面很面。牛肉羹上飘着绿绿的葱花。还有土笋冻。还有海蛎煎。风雅颂书局的创始人连真每说起一道家常菜，眼角眉梢都是陶醉，都是欢欣，似乎泡在自家厨房的样子。我喜欢她这个样子，温软，喜悦，沾着烟火。一路的艰辛都藏起来了，一路的风霜都淡去了，没有了雷厉风行，她只是这般，为美食低头的家常女子。

雨后登楼，实在美妙，天蓝得阔绰，云也白得阔绰。蓝天下的五店市，给我间阎扑地之感，红墙红瓦，一派的喜气洋洋。最有意思的是屋顶上的燕尾脊，不精雕细琢是不能够的。砖雕、石雕、泥雕、瓦雕、木雕，各种雕绘手艺齐齐出马，人物鸟兽花卉应有尽有。看久了，我老疑心屋顶上搭着个戏台子，趁我一不留神，那戏，就开演了，锣鼓铿锵响起来，人物鸟兽也都活动起来。

巷道里有回响。有老师领着一群小学生，一幢房子一幢房子参观，孩子们叽叽喳喳如撒欢的雀，他们好奇着旧房子里从前的那些老物件。闽南人爱把房子称厝，这"厝"字令我着迷，是屋子里住着昔日啊，或宋代，或明代，或清代，或民国。我似乎看到，从那旧旧的院落里，走出一个烧火的丫头，红衫，蓝裤，两条小辫子，辫梢上缠着红头绳。亲切啊，我小时的模样！远隔着岁月的长河，远隔着千重山，竟遇到一样的烟火。

烟火？对，满大街的烟火气。一孩子告诉我，老师，我们泉州的面线糊好好吃啊。我真的去找来吃。巷道里的小店，陈设简单，熬得黏稠的骨头汤里，游着银鱼一般的细米粉。只能喝，不能捞着吃，捞是捞不上筷子的，许是因为如此，才叫面线糊吧。我喝了，并非如孩子形容的那般好吃。然我又深知，孩子说时的真诚。味蕾只忠实于热爱它的人。

晚上九十点钟的时候，我和我的同行者一起，在五店市内闲逛，我们去寻找好吃的。街头的热闹渐渐散去，一家一家的店铺，关门了。一枚月亮，突然从一棵榕树的后面爬上来，明晃晃的一张脸，像朵丰腴的白菊花，照亮了燕尾脊屋顶上的那些彩雕彩绘，是凤凰，是老鹰，是牡丹花开，是彩衣彩袍的信男信女。我又疑心那里搭着个戏台子，耳边有梨园戏曲响起，咿呀旖旎。唱的是什么呢？是泉州的从前呢，男人们远下南洋，女人们倚门数着日月。侨批往来，装的是数不清的想念和牵挂。他称她阿欣，给她寄信寄钱。信中万言千语，殷殷嘱托，一定要孝顺父母，教育好子女，督促子女多读书，勤修德，"淡饭粗衣未足羞，心田失种却堪愁"。寄来的银钱，买下砖瓦木头，砌出一进落二进落三进落的房，门框上刻上这样的家训：读未见之书如得良友，见已读之书如逢故人，可谓好学。

天上的月亮真亮啊。我怔在那里，被摄去魂魄。

二

我问泉州的孩子们，爱你们泉州吗？

爱！孩子们异口同声声音嘹亮。

我感动于这声"爱"。倘若一个人连自己所在的家乡都不爱，又谈何爱远方？

孩子们的眼神清亮，他们七嘴八舌，从泉州的美食，到美景，一一道来。其中有个男孩子很动情地给我讲了他父亲的故事。他说父亲遭遇过很多很多艰难，却一直一直很乐观，从来不曾放弃过对生活的热爱。所以，他爱他的父亲，爱他们泉州人。

我为之动容。

人永远是这个世上最美的风景，我们留恋一个地方，多半是因为这个地方的人。

我也就很留意很留意地看泉州人。无论大街上，还是寻常小巷里，我在泉州人的脸上，都看到了两个字，这两个字，叫"从容"。历史上，泉州曾因其形状颇像一条鲤，被称为鲤城。我觉得这名字好贴切，再看泉州人，可不就是一条一条鲤么，有见惯了风浪的处事不惊。

这里的人家，家家事茶。不管是富贵的，还是贫贱的，家里一套茶具是必备的。你随便走进一家店铺，随便推开一扇门，首先映入眼帘的，必是摆得端端正正的茶桌，上面搁着一套考究的茶具。喝茶吧。——好，喝茶吧。人就坐下来，茶就奉上来。一泡，两泡，三泡，四泡，天光还亮着，不要急着走，且慢慢品着吧。茶是铁观音，这里人的最爱。家家都喝。孩子从会吃饭起，就会喝茶。最好的当然是春茶喽，五月里头采，没打过农药，纯天然的，头茬芽儿呢，有乳香。

他们就这么喝呀喝呀，从从前，喝到今天，祖祖辈辈，喝出一条不间断的小溪流，在一代一代泉州人的身体里，温温热热地流。

我住的民宿，是唤作"春耕"的套房，里面也摆放着一套精美的茶具。我泡了茶喝，一边看门上对联："好书悟后三更月，良友来时四座春。"真是爱极这"四座春"。一杯两杯茶入喉，满室生香，四座春光明媚，我竟好似生来也是个泉州人，举目皆是温暖亲厚。

三

泉州人信佛。人人信。

连真说，她每天早起做的第一件事就是，净手拜佛。啊，然后，一天都是信心满满的,她笑。她这么说着时,整个人都散发出光芒来,喜悦、热忱,还有,洁净。

我偏过头去,静静看她,竟有些羡慕起她来。

街上,各佛混居,从不争吵。是基督教堂也好,是清真寺也好,是佛寺也好,是文庙也好,是关帝庙也好,是摩尼教寺也好,在泉州人的心里,都是佛,都值得拜一拜的。我想,大开,才有大合,心胸宽广,天地才会宽广,也才能让每颗灵魂,都找到落脚的地方。

古老的开元寺是泉州的一张名片,外来的客人是不能不去看一看的。受连真所托,接待我的李以健老师,讲解得特别认真。开元寺的前世今生,每个雕像,每块石碑,都装在他心中,诸神的来龙去脉,他都道得一清二楚。

寺里古树参天,榕树、菩提树,又有桑树。一千多年的桑树,是佛。桑树上开莲花,这才有了开元寺的前身——莲花道场。有人追问,桑树上果真的开出莲花吗?李老师笑答,信则有,不信则无,佛在心中。

桑树曾遭雷劈,曾被风摧,一根树枝刮落,竟落地生根,长出另一棵桑树来。又从树上旁生出一棵桑树来。一树生三树,葳蕤成一片。李老师说,每回一遇大风,他就担心这树,跑来看,看它好好地在着,方心安。

双塔是中国现存最高的一对石塔,分别矗立在开元寺的东西两侧。塔共五层,上面雕塑着无数的人物故事。每一个图案,都是一场修行。我在听李老师讲那些传说故事的时候,老是走神,耳边似乎响着当年那些工匠挥动凿子的声音,当当,当当当,一锤一凿,都是梵音都是钟声。跋山涉水的僧人,最终到达心中的光明。我想,信仰,才是天地间唯一的神明。信仰不丢,人的精神才不会丢。

亦去了草庵,世上唯一仅存的摩尼教寺庙,建在华表山的南麓。一进庵内,就看到依山石刻的一圆形浅龛,龛内供一尊摩尼光佛,脸庞饱满，肌肤圆润，慈眉善目。看久了，仿佛他搁置在腿上相叠的双手，会伸出来，招引你坐他跟前去，道一声，喝口茶吧。

一瘦小的僧人，坐在东厢房的门口，在一圈暗里头。那儿，曾是弘一法师住过的地方，他先后在此住过三个月，最后在泉州圆寂。庵内的柱子上，有一副他手书的对联：

草积不除，便觉眼前生意满；庵门常掩，毋忘世上苦人多。

世间浮华，前赴后继。难怪在他圆寂前，给世人留下四个谜一样的字："悲欣交集"。后来人有千万种解读。在我看来，世间事本是有悲有欣，相互渗透，就看你能不能参透，能不能放下。

山有趣，去登山吧。落叶不扫，兀自在山路上铺积。沿石阶上去，不时有花扑过来，我一一去辨认，这是鬼针草。这是马缨丹。这是龙船花。这是假还阳参。还看到三角梅，它居然跑到这座山上来了。

我觉得泉州人真奢侈，可以把花像养小猫小狗似的养着，让它们四处溜达。你在泉州的大地上走着，一不留神，就被一枝花碰了头。哎，又是红妆妖娆的三角梅。或者，就是着紫妆的马缨丹。九里香在一个古老的院落里香着，引得人去寻香。我在一条竹径上走着，两旁的桂花香得撩人，我摘些装口袋里。后来我掏纸巾擦鼻子，鼻子很快乐地打了个喷嚏，——被袋子里的桂花香熏的！我突然地，很爱泉州。

有鸟声不知响在哪棵树后面。僧人寒山有诗云："鸟语情不堪，其时卧草庵。"太阳好好地照着，鸟声好好地响着，花朵好好地开着，我真想就此找一处草丛卧下，什么也不想，就这么看看天，看看地，也是好的。

山顶上铺满鬼针花，山崖边，立着一簇簇茅花，做鹤欲飞。我站在山顶，看山下的泉州，一丛茅花，跟着我一起看。那里，烟火人间，热气腾腾，生生不息。

离开泉州的前一晚，我在春耕套房里写下这样的留言：

我在这里，望过月，望过云，听过雨打竹叶，抚过木门上从前的气息，那落在上面的烟火，烫疼了我的手指。我知道，我会怀念。

我现在，已经开始怀念了。

乌　镇

我去乌镇前,先转道去浙江的平湖,息脚在做生意的朋友那儿。朋友听说我千里迢迢,只为奔乌镇去,很不以为然地笑了,说,乌镇有什么好看的?尽是些老房子、老街道,还不如去离这儿不远的南北湖,那才叫好看呢,有山有水,还可以坐汽艇玩,很热闹的。

想来是这个理啊,老房子在江南不属稀奇,哪儿都有几幢的,无非是粉墙黛瓦,画梁雕柱,再加上一些岁月的青苔,茸茸地长。可我还是执意要去,感觉里,乌镇就是有些不一样的。

待我真的置身其中,我才知道,我为什么要千里迢迢奔它而来。它从根子底部散发出的优雅,无与伦比,让人震撼。房对房,檐对檐,窗对窗,排门对板门。黛青的瓦,灰白的墙,拓展出一条千年的老街,蜿蜒曲折着伸向前去,望不尽的悠长。而水阁和廊桥,错落有致地排列于河沿两岸。沿街伸出的旗幡,古朴的小店铺、酒肆,延续的都是千年前的模样。只是繁华落尽,悠悠然过着的却是,最为寻常的小户人家的日子。

是的,小户人家。他们都当街而居,大门洞开,里面的一应摆设,尽收眼底。绛色的旧桌椅。白底子蓝花的器皿。迎面的条几上,泥盆里,有花,开成一簇红艳。饭时到了,一家人正围桌吃饭呢,大米饭、炒竹笋,红烧鱼,外加蛋花汤。简单的饭菜,家常的日子。你这边才探过头去，一家人的微笑，就送上来了。无须多话，尘世里的相遇，有时，只需一个微笑，那种亲切，就能抵达心窝。

放轻脚步，缓缓走近另一户人家。主人出门去了，院门敞着，任由人进去。我抬首，在那古老的大门檐上，看见四个字：厚德载重。到底明了，这样一座千年的古镇，因何有那样的淡定和从容。

百床馆里，有上百架宁式大床静卧着，几进几出，无一处不精雕细琢，极具匠心。花鸟鱼虫，人物珍禽，依稀遥见当年的繁华与热闹。

酒坊的酒酿得正好，是乌镇出名的三白酒。胖胖的酒瓮，一个个憨憨地蹲着，成百上千，很是壮观。蘸一点尝，甜香，微辣。

布作坊里，织机还在吱呀作响，仿佛从千年之前响过来，一直未曾停息过。瘦削的老阿姨，在织机前坐着，埋首织着布。而染坊门前宽阔的晒场上，搭着一排一排高大的木架，须高仰着头才能望上去。木架上，垂挂着刚刚印染好的蓝印花布，一片蓝海洋。风吹过，犹如千帆扬起。而这些蓝印花布，日后会成为蓝花小袄、蓝花筒裙、蓝花头巾、蓝花小包、蓝花伞……静静飘在古镇的巷陌、里弄、石桥上，韵味悠长得像越剧。便很想穿一袭蓝印花的衣裳，撑着蓝花伞，于微雨的天，走在那巷陌之中。身旁突然传来童稚的笑声，两个当地小孩追逐着，跑到一片蓝花布的海洋里去了。

茅盾故居是必去的。乌镇历来文人荟萃，如昭明太子及其老师沈约，一代丞相裴休，诗人陈与义，更有藏书家鲍廷博，光绪帝的老师夏同善。茅盾故居是几进几出的小院落，先生当年的生活起居尽收眼底。书斋门前，长有一棵葡萄，上面绿意荡漾，不知是不是先生当年植的那一株。庭院深深，有鸟从屋檐上空悄悄飞过。逝去的一天，又将成为历史了。

镇上到处有卖姑嫂饼的，酥白的一小块，放在一方小盒子里。买两块，尝，又香又糯。问当地人，这饼，是不是小姑与嫂嫂一块儿做的？当地人笑，给我讲姑嫂饼的来历，原是小姑跟嫂嫂斗气的。小姑家有祖传的做甜饼的秘方，但传男不传女，嫂嫂继承了秘方，做了甜饼卖。小姑心生妒意，趁人不注意，抓一把盐，撒到那些甜饼上。结果，这样的饼，反而比原先的要好吃得多，油而不腻，甜中带咸。于是姑嫂饼的名声就传开了。

我笑，真是无心插柳柳成荫的。一边吃着姑嫂饼，一边四处闲逛着，曲曲弯弯的巷道，四处相连着，你不知道你踩在谁的梦里面。

禁不住乌篷船的诱惑，我跳上船，六十块钱一个人，可沿河转一圈。在船头稳稳地坐下，眼光悠悠放开去，仿佛去赴一个千年的约会。沿河一排一排的红灯笼，倒映在水里，波光碎影，荡出一片绯红，惹得人直直想伸手在水里打捞一把。问摇橹的船娘，会唱歌么？她答，会。张口就来一句，人说乌镇好风光。竟是改版的《人说山西好风光》。那声音，绝对的草根，原汁原味，滋味醇厚。

上得岸来，船娘建议，你们可以去看皮影戏呀，那是我们乌镇的一大特色呢。皮影戏我知道，是些纸人儿，被人牵着，不停地作着揖，演绎着千年人生。我在大太阳底下愣怔了一会儿，说，还是不看吧。后来我一直在想，我为什么不看呢？我原是怕日后的记忆太过饱满，我要留点空白，好时时回想的。

走累了，去茶楼喝茶。茶楼傍河而倚，宁静恬淡。一步一步，踏上木级楼梯，穿蓝花布衫蓝花布裙的茶楼女子送上茶来，轻言慢语一声，您请。就兀自下去了。茶是乌镇特产杭白菊，菊在沸水里开，清清淡淡，是素妆女子的笑靥。

凭窗而望，望见隔河人家房屋的顶，一棱一棱黛色的瓦，高低错落地密布着，淡墨染过似的，直铺到天边去了。临河的窗台上，摆满泥盆儿，里面长着些花草，有些花已经开了，从绿绿的叶间，冒出一点两点的艳红。我们猜着，那是些什么花。指甲花？杜鹃？海棠？一旁的陌生游客搭腔了，那好像是九月菊的。回头送他一个笑，虽是陌生相逢，但心灵之间的某根脉络，在那一刻相通。

突然有小吊桶从对面的窗口落下来，是一个小女孩在用吊桶打水。我饶有兴趣地看着，吊桶缓缓落到水里面，打满水，又被摇摇晃晃地提上去。像梦。有乌篷船这时咿咿呀呀摇过，头戴蓝花巾的船娘，很有韵味地摇着橹。想起茅盾先生在散文《大地山河》里写乌镇："人家的后门外就是河，站在后门口，可以用吊桶打水。午夜梦回，可以听得橹声欸乃，飘然而过。"那是怎样一种俗世的沉静与热闹？

茶楼女子上来续茶，动作轻盈。十块钱的菊花茶，可以让你尽情地喝。如果你愿意，你亦可以在这儿坐上一整天，绝对没有人来打扰你。饿了，可以就着菊花茶，吃乌镇的特产姑嫂饼，香甜可口，入口即化。

在这茶楼里坐久了，我仿佛也成一朵菊，浸泡在乌镇千年的酽水里……

水做的凤凰

一

坐上从上海开往吉首的火车，我千里迢迢，去凤凰。是午后时分，窗外的阳光淡淡的，天空不是很透明，给人水水的感觉。车子经过一些村庄，树，庄稼，人家的房子。还有一片荷花地，花半开，给人留下无限的念想。我一边看着窗外，一边读着沈从文的《湘行散记》，我读到这样的几句话："橹歌太好了，我的人，为什么你不同我在一个船上呢？""我真希望你梦里来找寻我，沿河找那黄色的小船！在一万只船中找那一只。"木筏上，火光星星点点，吊脚楼上的人声，如在耳边，还有羊的梦呓，狗的叫声……这是沈从文的当年，当年他别了张兆和，一个人舟行水上，远回凤凰看病危的母亲，一路之上，铺写下数不尽的思念。我看到这里，心软塌塌的，像蒸熟的年糕。这样一个慈悲的男人，这样一个慈悲的男人啊！

天黑下来，山影幢幢。远山的灯火，更像渔火，一星点的红，是暗夜里盛开的花朵。像舟行水上，我也是那个思念的人。我读到这样一句话了："我不想就睡，因为梦无凭据，与其等候梦中见你，还不如光着眼睛想你较好！"

这个水做的男人！我也不想就睡，我要睁着眼睛到凤凰。

二

晌午时分,我终于到达凤凰。太阳姣好。

扑面而来的,是湿润的水的甜味,清凉的。

拖着行李,在沱江上游来回折腾,我要住的是真正的吊脚楼:沿江有窗,窗内有女子,露出半截红的袄或绿的袄,探头对着江里船上的人儿叫:"你要记得我跟你说过的话呀。"船停江边,他是她的情郎,每月里,总有几日来相聚。她给他备上炒好的山核桃,留他路上吃。这是沈从文写的《一个多情的水手和一个多情的妇人》。人间情爱,原是不分贵贱的。

江边客栈多。多是自家开的,挂的牌子名称好听得让人心动不已,什么"沱江人家""翠翠客栈""凤凰人家"……我住的一家叫"北门河边客栈",名儿叫得一般,但地理位置好,窗下就是沱江,拴许多只游船。每日里,游客们从这里出发,漂往下游。江边,停一小舟,舟上有两个着盛装的苗家妹子,用山歌迎来送往着游船。

我伏在客栈的窗口听山歌,我也唱山歌。很快乐。

三

出客栈,去逛古城。

有当地女子迎上来,热情相问,要坐船吗?她说她家有小船,坐一个来回,一人只需二十元。我心里暗叫,这么便宜!是的,这地方什么都便宜得要命,无论住宿,无论吃饭。

女子的脸庞黑黑的,瘦瘦的,连带了笑容,也是黑黑的,极朴实,让人没有距离感。我在心里想着沈从文写的翠翠,也是一张黑黑的脸蛋。突然觉得,黑肤色的女子,很好看。

答应那女子，一会儿去坐她家的船。女子很开心，陪我逛古城。我问，知道沈从文不？她笑了，怎么不知道？他是我们凤凰的名人呀。我笑，心中有感动。

古城美得让人窒息。每一块砖，每一扇门，都是漂亮的。青石板，木头房，家家门前都挂着红灯笼，里面的陈设，透着古色古香。稻草，蜡，柳藤……这些寻常之物，在这里，都成艺术，让人不得不惊叹，最卑微的生命，也能活出优雅来。

到处可见老酒坊，一个一个的酒瓮，蹲出说不出的古典。我怀疑是走进宋代哪条深巷里弄。轻移脚步，时光在倒流。到处也见卖猕猴桃的，做成各色果脯。便宜，还可以对半砍价。老板一边说，不能卖这么低的价呀，一边却用袋子装给你。姜糖亦是凤凰的一大特色，最具动感的是现场操作，把糖浆扯得像做拉面的。看我在看他们，他们热情招呼：尝一口不？不要钱的。一路尝去，尝得满嘴甜蜜。买一袋子揣包里，包里就有一包的甜蜜了。衣裳店里，一片姹紫嫣红。红得夸张绿得也夸张，有惊心动魄之美。我实在忍不住了，买了一件民族味极浓的无袖短衫，盘扣，上面有碎的白花儿。还买了两条灯笼裤，一条大红，上面有毛线编织的图案。一条大绿，上面息一些小黄花。我以为，红尘的热闹全在上头。

卖花环的女人和孩子到处是，那是些山里人，他们采了野花，用篓子背来，扎成花环卖。细碎的小野花，就装点到一个一个游客头上。我想起一句词来："若得山花插满头，莫问奴归处。"不知那个可怜的严蕊，最终有没有盼到山花插满头。

我买一个花环戴头上。今天，我与凤凰一起美丽。

四

离了古城，坐船往沱江下游去。摇橹的是个黑脸膛的年轻男人，我们去时他正蹲在岸边吃饭,捧一只大瓷缸在手上。领我们去的女子做了简短介绍,说那是她哥。年轻男人冲我们笑笑,兀自去解了拴船的缆绳。

船是木头船,用桐油抹得黄澄澄的,坐进去,像坐进一弯黄月亮里。一弯黄月亮在一波豆绿的水里穿行,一波豆绿的水,在我的心中穿行。一句话适时地跳出来:"我一边看水一边想你。"这是当年沈从文写给张兆和信里面的话。我喜欢得很。他的思念,水知道。

摇橹的年轻男人没有多话,他把橹摇得呀呀呀。我一边看水一边看他,这是沈从文笔下的水手么?他是不是也于某个月黑风高夜,站在他喜欢的女人的吊脚楼下唱山歌?想到这里,我抿嘴乐。他不知我乐什么,看我一眼,跟着笑。

两岸是沱江人家。有女子在河边捣衣,手臂挥动,"笃""笃""笃"的捣衣声,便极有节奏地响着,一河的水,因她而活泼起来。我总觉得她是一边望水一边在捣衣,有说不尽的柔情蜜意在里面。她身后的大黄狗,是最美气的,窝就搭在水边。还有水牛,在水边绿汀上吃草,悠闲而自得。世界安静。水波荡开,一圈过去,又一圈赶过来,清泠泠的。空气中,满是水的味道,湿润的,甜蜜的。

突然一群孩童闯进眼里来,他们放学了也不归家,书包放在岸边石上,衣服挂在树枝上,人已赤条条滑到水里面了。我伸手抚水,水清凉。遥问他们,不冷么?他们哄笑,击水作答,不冷。小猴子似的,在水里面打闹。他们的快乐,掉在水里,水也变得很快乐。

迎面有游船返回,上有橹歌,唱得余音袅袅。沈从文笔下的湘西,多的是橹歌:"满江的橹歌,轻重急徐,各不相同又复谐和成韵。夕阳已入山,山头余剩一抹深紫……"

这样的画面,美得让人惆怅。而我们的太阳,挂在天上。

五

去看沈从文。问当地居民,沈从文墓在哪?都知道。他们热情指点,拐过这个弯,就到了呀。

出古城南门,沿沱江走,顺着青石板上上下下。人家的房,倚着山势而落。已到城外,路上几无行人,一条路便寂静着。满眼望去,除了青山绿水,还是青山绿水。山叫听涛山,水是沱江水,山水相依,它们做了永恒的恋人。

山脚下有人家,开一小店铺。屋前地面上,摆一水桶,里面插满野花,有的扎成束,有的没有。小野花们水莹莹地开着,素白或粉紫。旁边木牌上有字:带一枝野花去看沈先生。

心下一愣,不知不觉,我竟寻到这里!不敢确信地问小店主人,沈从文墓真的在这里?她奇怪看我一眼,说,是啊。顺手往山上一指,呶,就在那儿。

我沿着长满绿苔的青石板,一步一步上山,水的气息叶的气息,把这一方天空,染得碧绿澄清。这好像挺矛盾,然而不。那些莹莹的绿,带了湿润的绿,让一方空气,清澈起来透明起来。静,岑静。一枕梦,从此可睡千年万年,想沈先生到底是个有福的人。

八十六级台阶,契合着沈先生八十六年的人生。不见墓冢,甚至连一个土包包也没有,只有一方五彩石,兀自立在听涛山的山坡上。他一半骨灰归了沱江,一半骨灰埋在石下。水是他成长的摇篮,他回了他的摇篮里。

五彩石正面镌刻着沈从文的手迹:照我思索,可理解我;照我思索,可认识人。尘世的纷繁,抵达这里,都变成一种单纯与真。做个纯粹的人,水一样的纯粹,泥一样的厚朴。这当是他最让人敬重的地方罢?

我静静站在那方石前面,默默看。山林深处,有鸟的叫声传来。空气中,有温柔的水在流动。静谧,安宁。

沈从文说,美丽总是愁人的。

我的心上,也息了一点愁。说不清道不明的,像一朵小野花,静静地开。

六

回到古城时,天色已暗。凤凰的夜晚,只能用"迷人"两个字来形容。沱江两岸,吊脚楼上的灯笼,早早亮了,半江璀璨半江红。河岸边,有当地居民就着河水在给孩子洗头。也有贪玩的孩子,仍赤条条扑在水里面。游人渐渐多起来,都是来看沱江的夜景的。渐渐地,灯的光亮,取代了天色,沱江彻底地灿烂起来。

卖莲花灯的出来了,小摊子挨着小摊子。一朵一朵莲花,开得满满的,粉红,或大红,花蕊是一支小蜡烛。那些花,一排一排地开了去。穿行于这样的莲花丛中,不知身在何处。

阿妹,买一盏莲花灯,许个愿吧,有女子轻柔的声音朝向我。我买一盏,不舍得"放"掉,我要把它带回家。到处看到相携的情侣,他们买了莲花灯,蹲在河边,一起放。莲花灯载着他们的爱和期许,一路燃烧而去,直至与水交融。

走累了,沱江边上的任何一块石,都可以当凳子。我坐下,静静望着欢乐的人群,望着斑斓的沱江水,望着对岸的吊脚楼。那些绯红的红灯笼!一盏一盏的莲花灯开了,顺江漂走,向着远方的幽深里去。

夜宿西塘

这世上,有些喜欢,是猝然降临的。也许只是一个回眸,也许只是一声轻叹,那种懂得,便入了心入了肺。

就像我对西塘的喜欢。

烟雨,小桥,静泊的乌篷船,幽长的廊棚,粉墙黛瓦的房,婉约、浪漫,又素朴自然,——这是西塘。初见它,是在一本画册上,只一个照面,我立马喜欢上了。

仲夏的一天,我得了空闲,和那人一起,奔了它而去。我们参照地图给出的线路走,走到嘉兴,面前岔路多条,不知哪条通向西塘。停车问人,人摇头,说不知。我大感惊讶,这么美的地方,作为本地人应该知道的呀。但旋即,我又为西塘高兴了,它是内敛的,不事张扬的,唯其如此,才保持了它应有的宁静。

兜兜转转,走了不少冤枉路,在临近黄昏的时候,我们终于到达西塘。小桥流水尽在身侧,粉墙黛瓦尽在眼前,西沉的夕阳,拖着金色的尾巴,给古老的西塘插上无数根辉煌的羽毛。我有种归家的感觉。

在西塘找住宿的地方,极容易,随便走进一条弄堂,随便敲开一家门就是了。

接待我们的是一家子，年轻的夫妇，还有一个五六岁的小男孩，小男孩身后跟着一只黑底子白花的小狗。小狗见了人不吠，挺亲热地摇着尾巴。

三张笑脸对着我们，很自然地问一句："来了？"仿佛你本就是这个家庭中的一员，出远门刚刚归来了。

心，不由得一暖。我们笑着应道："是呢，来住宿的。"

"好啊好啊。"男主人热情地把我们引进房间，房间里有雕花的老式床、老式的梳妆台，还有老式的桌子与柜子。

我对老式梳妆台很感兴趣，跳过去看。正中央一面镜子，镜子两边，各嵌一个雕花的小抽屉，里面应是放胭脂和首饰的吧？回头问男主人："这是什么时候的老古董？"男主人笑答："清代的吧，我祖上留下的。"

这一笑，一百多年的光阴飘过去了。曾经，是不是有女子对着这面镜子梳妆？她穿盘扣对襟衫，乌发如瀑，上面插一支步摇，步步生姿，把寻常日子拾掇得扎实而丰美。

一念想，已半痴。女主人奉上茶来，笑说："在我们西塘，像这样的旧家具，家家都有几件的。"

扣上门，到街上闲逛。

没有必须要去赶的路，没有必须要去见的人、做的事，便有了气定神闲，我施施然地穿街过巷，俨然就是这古老集镇上的一员了。

临街的房，开着一些店铺，卖些古色古香的物件。你打门前过，摸摸这件，抚抚那件，可买可不买，悉听尊便。他们更多的是分享，好东西不藏着掖着，端出来给大家看。

卖木雕的铺子让我留连再三。好山好水、男女老幼，在一块简陋的木头上活泼生机。木雕挂了一屋，一屋子便挤满了热闹。这雕刻的精湛手艺，真叫人惊叹。主人不在，他在对门聊天儿呢，远远递过话来："你们随便看哦。"回头，相遇到他的笑脸，亲切中，透着熟稔，仿若故人。

年老的阿婆坐在自家门前纳凉，与对门的阿嫂亲亲热热聊着家常。我们停在一边看她们，吴侬软语声声入耳，却一句没听懂。没关系的，那笑容是懂的。她们抬头看我们，笑得又自然又温暖，把我们当亲戚、邻居般的。

我探头往里看，对幽深的厅堂挺好奇的。阿婆操着半生不熟的普通话说："你们要看的哦？进去看看吧，没关系啦。"我笑着点头，也就毫不客气地迈了进去。厅堂后面，是他们家的起居室，陈列着一些旧家具，上面擦拭得纤尘不染。木格窗推开，下面就是河。沿河有回廊，红灯笼一盏盏悬在廊下。有栏杆护着，可倚着栏杆坐坐，吹吹风，望望水。隔河人家，也是一样的粉墙黛瓦与回廊，倒映水中，水波晃荡。那景象，像极了一幅水墨画。

告别阿婆，我们走进另一条弄堂。弄堂幽长，一眼不大望得到底。这样的弄堂在西塘多达百十条，弄中套弄，你从一条进去，走呀走，眼看着就要走到尽头了，又一条弄堂来迎。如果你不停下脚步，就这么跟着弄堂走，估计你走上个十天半月也出不来。对的，它就像座迷宫。

最出名的弄堂叫石皮弄。因弄堂的甬道上铺设的石板，薄似人的皮肤，故得名。此巷极长，也极窄，窄得只能容一人走，还必须是个身材适中的。腰肥肚圆的人想要从这条巷子过，是很有些困难的。想来古人很注重养生，对身材的管理极为严格。

石皮弄傍着王宅。宋末元初，一王姓商贾人家赚了钱，到这里购地造屋，竖起一幢幢宅子，宅中留巷，这才有了石皮弄。因时间太晚了，王宅已闭门谢客，我们只能隔了高高的围墙，想象这户王姓人家，当年如何的钟鸣鼎食。这时，过来两个人，一个对此地似乎很熟悉，他充当着另一个人的解说员。我们乐得蹭听，听到了有关石皮弄的故事。原来，这石皮弄初建出来，是专供男人走的，喻为头顶天，脚踩石板。而另一边对应的还有一条里弄，上面全用瓦当等物遮住了，不见天日，是专供女人走的。那个时候，他们家的女人是不能被人看见的。

我找到他们所说的那条专供女人走的弄堂，弄堂深不见底，抬头，望不到一丝亮光，上面遮盖得严严实实。我的脚下，仿佛有暗流汹涌。曾经的女人，她慢慢地从这里走过，碎步里，有多少无奈？岁月无边，她的心是空寂的。花开寂寂，花落，亦寂寂。我一步一步，走得心虚，再走不下去了，猛回头，跳出里弄。等在弄堂口的那人笑问我："有什么感想？"我回两个字："寂寞。"

便很庆幸了，我不是古代的那个女人。再繁华的深宅大院，我也不要。我要的，只是做一个人的自由，抬头，可见天日；抬脚，可去远方。

西塘的廊棚，是古镇的一大特色，那是从街面房屋延伸至河边的一层斜斜的屋面。这样的廊棚，在别处也可见到一二。但奢侈到近千米之长，形成蔚然大观的"带屋顶的街道"的，怕也只有西塘了。

关于西塘廊棚的由来，版本不少。我最喜欢的，是一个利人又利己的故事。

西塘古有"吴根越角"之称，是吴越文化的发祥地之一。从前，这里商贾云集，舟楫往来频繁。有一年，一个商人来到西塘，当夜遇雨，他躲到一户人家的屋檐下避雨。雨太大，屋檐根本挡不住，商人便用随身携带的木棍、竹帘，顺屋檐往外搭出一个棚子来，他在棚下，安安心心度过了一晚。这给了西塘人启发，有了廊棚，晴天可遮阳，阴天可挡雨，方便往来客人歇息。大家便买了上等木材等建筑材料，纷纷来请商人帮忙搭建棚子。结果，廊棚越搭越长，西塘也因此越来越富庶繁华。

沿着长长的廊棚走，走过送子来凤桥。夜幕一点一点闭合，廊前的红灯笼一盏一盏亮起来。我们肚子走饿了，随便相遇到一家，对着敞开的屋门问："可有吃的？"那家女主人风一般从里面走出来，应声道："有啊有啊。"

她搬来桌椅，放到廊棚底下，让我们伴了河坐。晚风吹得静悄悄的，河水流得静悄悄的，一切都是恰到好处的静谧。女主人给我们沏了茶，问："你们想吃点什么？"我说："来点你们这儿的特色菜吧。"女主人笑了："雪菜烧小鱼吃不吃？煮毛豆吃不吃？还有清水煮河虾也很好吃的。"我乐得眉毛眼睛都在笑，连连说："吃。"

不一会儿，菜端上来了，味道极好，我和那人慢慢吃，一边四下张望。有小女孩在廊棚下唱歌，声音甜而脆。有小狗在一边撒着欢。有当地人走过我们桌旁，弯腰探过身子来，低头看了一下我们桌上的菜，笑着说："哦，是雪菜烧小鱼呀，不错的。"不远处的石拱桥上，三三两两的，坐着一些纳凉的人，他们喁喁地话着家常，声音如虫鸣。

忽然一片乌云来，雨，说来就来了，好一阵噼里啪啦。一座古镇，霎时淹没在烟雨中。不怕，有廊棚呢，我们稳坐如山。

女主人连连出来好几次，安慰我们："没事，雨一会儿就停的。"果真的，眨眼工夫，雨息了。身后传来小女孩的声音："妈妈，我喜欢下雨呀。"我心中一动，这样的女孩，长大了也该是柔软的、善良的。

西塘的水多，桥自然也多，据说有一百多座。不舍得去睡，我执意要到一座桥上去坐坐。那座桥，叫环秀桥。

夜已经很夜了，行人稀少，千年的西塘，渐渐睡着了。

我在桥上坐定。凉风习习，一个世界静止在这里，有不知今夕是何夕之感。远远看过去，一条红灯笼的河流静静流淌着，承载着西塘人千年的阴晴圆缺。西塘历史上，有过进士十九人，举人三十一人，有名的无名的民间工匠若干，他们精于木雕、竹雕和漆雕，却从未就此大肆宣扬过。"这有什么呀，就是雕着玩的，自己喜欢就好。"他们云淡风轻地说。走进他们的房子，里面摆放的家具上，半开半合的木格窗上，都嵌着精美的雕刻。他们住在这样的房子里，安闲自在着。

我想，大起大落是一种人生，平平安安过日子，未尝不是另一种人生。

有乌篷船从灯影深深处缓缓摇来，搅动一河的波光灯影，游龙戏珠般的。我笑了，居然有人如我一般傻，不舍得去睡，在这静夜里漫游西塘。我定定地望着，所有的纷繁喧嚣都遁去了，此刻，唯有夜的西塘与我同在。

大山深处的苗寨

一

去苗人谷。

天下着雨,不是出游的好天气。但一车的人,还是很兴奋,对将要抵达的那个地方,充满了期待和想象:苗人穿什么衣服?吃什么饭菜?住什么样的房子?讲什么样的话?那赶尸和放蛊是真有其事么?碧绿的草甸上,苗家阿哥和阿妹,又是怎样用山歌传情的?这一些,在我们脑海里,形成一幅一幅神秘的画卷,它是隔绝在红尘之外的。

负责全程陪同我们的,是一个苗家阿妹。她矮小的个儿,黑脸蛋,笑起来嘴边有两个浅浅的酒窝,很甜美的样子。她一上车就这样介绍,我的汉语名字叫龙雪晴,你们可以叫我阿妹,或"点菜"。"点菜"是我们苗家称呼女孩子的,男孩子则叫"点泡"。我们一听乐坏了,就一个一个互相指着叫"点泡""点菜""点菜""点泡"。车厢里,腾起欢乐的浪花,来自不同地方的陌生人,一下子成了熟识。

车在山道上匀速行驶,车窗外,是碧绿的山,碧绿的雨。山顶上,水雾蒸腾,如同仙境。山脚下,散落着苗人的房子,还有庄稼,是些水稻和苞谷。龙雪晴给我们讲我们将要去的苗人谷,说那里的人们一直生活在大山深处，日出而作，日落而息，基本不与外界往来。女孩子八岁开始学刺绣，男孩子从小会唱山歌，他们的爱情是通过山歌来完成的。那里的人，以前不了解汉人，对汉人一直很抵触，如果哪家有小孩子不听话了，哭闹了，大人就这样吓唬小孩子，再哭，就把你送到汉人那里去！孩子立即吓得不哭了，因为那些孩子从小就被教育着，若被汉人捉去，汉人是会把苗人榨成油的。

现在不是这样的啦，龙雪晴的嘴边现出两个小的酒窝来，说，从前年起，苗人谷中有部分年轻人，走出寨子，走到外面世界来，他们学会了汉语，有的还做了导游，譬如我。

我们的眼睛立即睁大了，看着她不相信地问，你真的是从苗人谷走出来的？她笑了，是啊。她回忆，当她把第一批游客带到苗寨时，他们村子里的老人们惊惶地问她，点菜，是不是汉人又打进来了？

现在我们苗人，已不这样看你们汉人了，我们把你们当作尊贵的客人。不过，她关照，苗人还是有自己的习俗，大家去了后，要尊重。比如，你不能给苗家孩子钱和礼物，你若给了，人家不但不会感激你，还会怨恨你，认为你那是教坏他们小孩子，让小孩子从小有了不劳而获的念想。他们更讲究自立。

雨在车窗外，碧绿地下着。我们一时都沉默着，对未曾谋面的苗人，有了敬畏和敬重。

二

车子开不进苗人谷。

我们下了车，步行。天上的雨，这时已小多了，飘得零零散散。我们干脆雨具也不拿，让雨淋着。山间的清新气息，随便伸手一捋，就是一大把，我们深深地吸着，奢侈极了。龙雪晴告诉我们，这样的雨天你们进寨子，苗人是最喜欢的了，认为是龙王出行，我们苗人对龙王敬畏得很，我们靠天吃饭。大家听了，觉得幸运。

山间的小路弯弯曲曲，路两边，小野菊们开得星星点点。山林深处，鸟叫得欢，这边叫，那边和。这一派未染世俗的自然，让我们陶醉。我们一行人，走了很远很远的路，才隐约望见，陡峭的山谷上，书写着三个大大的红字：苗人谷。我们惊呼，到了么？龙雪晴答，没呢，还得翻过两座山，越过一条湖，才到苗寨的。她说得轻轻松松，我们的腿，却在打战了，怨不得苗人与世隔绝，他们要出一次山，多么难！

谷口有望风台，草棚儿搭在半空中。据说是当年土匪出没的谷口。有游客攀上草棚子里去，换上土匪服装，拍照留念。我们问龙雪晴，你们怕土匪么？龙雪晴答，怕，也不怕。那些土匪，也是苗家人哦，穷得过不下去了，才上山做了土匪，他们劫富济贫的。

一时我们都无言。我们本以为的"坏"里面，谁知道有多少人生的无奈呢？

我们沿着当年土匪出没的山路往山上攀登，显然，这是经过修饰的一段山路，有护栏，有顺势而凿的石阶，在黑乎乎的山洞里，有点好的蜡烛照明。即便这样，我们还是走得一步一滑的，有的地方，须得手脚并用才不至摔倒。不时有惊叫声，从我们当中传出。这个时候，龙雪晴必会从前方回过头来关照，小心哦。到底是苗人谷里走出来的姑娘，她走得很轻快。我们不由得表示敬佩。她却轻浅地一笑，说，我们苗家人，从小，就在这些山上滚爬的。

穿过一道山溪汇聚而成的瀑布，我们游览了当年的土匪窝，不过一个很大的山洞，里面简陋得空空如也。我们心生感慨，原来做土匪也是这般不易，躲在这深山老林里，不见天日，能有多少人生乐趣？

我们继续向山顶攀缘，对面山壁上，有洞穴，在半山腰。有个男人，赤膊在里面。我们惊奇不已，那么陡峭的山壁，他怎么上去的？他待在里面干什么？龙雪晴显然跟那人很熟，她冲他一阵叽里呱啦，那边回她一阵叽里呱啦。我们问，那苗家阿哥在做什么呢？你跟他说什么呢？龙雪晴说，他在捉鱼呢。我跟他说，要他当心山上的野兽，天黑的时候就回家。

捉鱼？在山洞里捉鱼？我们越发惊奇不已。

龙雪晴淡淡笑了，说，是啊，他在捉鱼。山上有溪流流下来，有鱼被溪流冲下来，经过这个山洞，他在山洞口守着呢。

我们仰望那座山，想着鱼从天上来。这样的捕鱼方式，怕只有苗人谷这地方才有。我们问龙雪晴，他真能捉到鱼么？

龙雪晴望望对面的山说，总能捉到几条吧。

大家"哦"了声，很快被一块奇石吸引了去。而我，却一直在想，寂静的山林，寂寞的深谷之中，山壁洞里那个捉鱼的苗家男人。我有些难过。我不知道我为什么会难过。

三

坐船渡过一片叫杏花湖的湖，我们上岸。踏上蜿蜒向上的石级，苗寨就掩映在石级之上的一片深山中。

一路只闻水声，哗哗地流。那是山涧溪流。树木青翠葱茏，绿意缠绕。我们只觉得，身上的衣裳沾染着绿，呼出的气息，沾染着绿，我们成了绿人儿。不闻人声。这样寂静地走了一路，终于望见一截矮墙，立在寨子前。有童稚的歌声响起："苗寨故事多，充满喜和乐，若是你到苗寨来，收获特别多。"是改版的《小城故事》。我们都被这歌声逗笑了，我们中一人紧走两步，跑上去问，谁教你的？那猴子一样灵敏的男孩子，一个翻身跳下矮墙，说，老师教的。转身跳着跑了。

整个苗寨，静。只有一幢幢房子，参差摆开，一律的黄泥抹的墙，黑瓦顶。房与房相接处，都是青石板，曲曲弯弯，蜿蜒如蛇游。缝隙处，绿草绿得肆意，有种荒凉的美。龙雪晴说，白天到苗寨，是见不到大人的，大人们都到地里干活去了，他们每天早出晚归，一天只吃两顿饭——早饭和晚饭。

果真的，转遍整个寨子，看到的，只有孩子，和狗。那些孩子，三四岁到五六岁不等，再大一些的，都跟父母到地里去了。可能是近两年见到的游人多了，一群孩子并不怕生，绕在我们身边走，亦能听懂一些我们的普通话。我们给他们拍照，他们会摆出造型来，而后哄笑着跑过来，看相机屏幕上自己的样子，说出"漂亮"这个词。

只有一个小女孩，她远远落在一群孩子后，一直不笑，神情忧郁，看上去不过五六岁。龙雪晴却告诉我们，不对，她十岁了。这让我惊讶。我走过去，试图跟她搭话，我说，你衣裳上绣的花真好看，谁绣的？她答，我绣的。我提出要给她单独拍照，她想了想，问，可以带上我的妹妹吗？原来，她留在家里，是为了照应两个年幼的妹妹。

照片的效果很好，我让她看，我问，漂亮吗？她淡淡扫一眼，答，漂亮。脸上依旧没有笑容。后来，我走到哪里，她都跟到哪里，静静在一边，如一朵静静的小野花。我问，你干吗不说话呢？她突然冒出一句，你们那儿也有黄瓜吗？我愣住，一时不知怎么回答。她兀自答，我们这儿长好多呢，很好吃。我转脸看她，她的眼睛避开我，望向大山外，两汪深潭水，映着几多迷惑：那大山外，到底是怎样一个世界？它带给她五彩的冲击，让她明显地有了不安。我突然明白了她的忧郁所在。

我问她，上学吗？她摇摇头说，只念到二年级。又补充，我们这儿只念到三年级的。我不敢再问什么，对她笑笑。想送她一件礼物，但想起苗人的忌讳，忍忍，作罢。

我们去吃苗家饭。饭是寨子里特派人做的，有山地瓜、炒笋子、酸萝卜，还有山菇烧熏肉。味道不错。龙雪晴介绍，这是苗家人待客最好的饭菜。她说，你们吃得越多，我们苗人越高兴。于是我们拼命吃，吃很多。

饭后看两个十三四岁的孩子表演击鼓,有迎宾鼓,丰收鼓等。鼓槌上的彩带,在他们手中,飘忽如蛇舞。也跟着他们学跳竹竿舞,我们笨拙得像一群鹅,惹得一边的苗家小孩哄笑不已。那些孩子加入进来,很耐心地教我们跳步子,身影灵活。我们亦接受了苗人的吉祥礼物——锅灰。龙雪晴满场追着我们抹,一边告诉我们,苗人的吉祥礼物,只在新婚时,新人才可以得到的。大家笑着躲闪着,一个一个的脸,都被抹成大花猫。

我们离开苗寨时,一群孩子跟着,一直跟到寨子外。当我们走了好远好远的路,回过头去,依稀看见寨子口,一群小小的身影,依然站着,像一朵朵静静开着的小野花。青山环抱中,他们身后的寨子,美得像上帝遗落的一个梦。

青山隐隐水迢迢

一

普陀山,梵语音译为"普陀罗伽",汉语意为"美丽的小白花"。普陀的美与神秘,尽在这名字中了。

去普陀。从沈家门坐船过去,刚刚还是晴空丽日,突然间下起了雨,雨大且急。我担心着,这样的雨天游普陀,岂不扫兴?旁有游客笑着说,这是岛上的对流雨,一会儿就没了。

果真的,眨眼间,风停雨止,天上意外地现出一道彩虹,像极了小女孩头上五彩的发箍。远处的岛屿若隐若现,彩虹就在那些岛屿上空飘忽着。船上人都欢喜地惊叫起来,拥到窗口去看彩虹,把它当作普陀山给的见面礼。彼此开始热络地交谈,相互探寻所来之处。有个安徽的女游客,听说我是江苏的,她很开心,说,我们是半个老乡呢。

可不是,江苏和安徽是邻居的。我因她的半个老乡的说法,莞尔不已。

船绕过去了,彩虹也跟着晃到另一座山峰的峰顶上。云雾缭绕处,那些山峰,那些岛屿,宁静得让人心疼。它们在那儿多久了?千年?万年?它们以一种不变的姿势,看着奔腾不息的海,和海面上来来往往的众生,从容平和。世间的悲喜,都只是一出戏,戏完了,大家撤了。而它们,却做了永远的观众。

半小时后,船抵达普陀山渡口。不是旅游旺季,渡口的游人不多,只有三三两两进山的小沙弥。他们在渡口脱去俗家的衣裳,换上僧袍,回头望一眼身后来时路。然后,头也不回地进山去了。

安徽女游客跟我告别,她说,有缘的话,我们还会在普陀山相遇的。我笑着点头称是。心里面说,再相遇,我们就是重逢了。

二

入住紫竹林禅院。

紫竹林禅院背山面海,典雅古朴,禅意森森。传说这里是观音菩萨修道居住处,原为不肯去观音院旧址,旧称"听潮庵"。

顾名思义,紫竹林多紫竹。那些竹,从杆到茎到叶,都是紫的。吴承恩在《西游记》中曾多次写到南海紫竹林中的观世音菩萨,就是指此处。

我住的客房,建在临海的岩石上,海浪铺在房底下。从窗口往楼下看去,是一望无际的蓝色的海。海浪翻滚而来,"唰"一下,冲上岸边,卷起千堆雪。接着,又是新一轮的海浪翻滚而来。涛声阵阵,无止无境。

眼睛渐渐看倦了,看得迷糊过去。耳朵却尖着,各种的声息,灌进耳里来:海浪在脚底下的欢叫声;檐角铃铛的丁零声;佛殿里的木鱼之声;还有绵绵不绝的梵音。我正听得入迷,突然听到门外有人叫,施主,施主,该吃晚饭了。睁开眼,我有些恍惚,太阳还在天上高高挂着哪。

小沙弥立在我面前解释,寺院里用餐的时间,与俗家有些不同,早餐在早上五点。午饭在上午十点。晚饭,则在下午四点半。

好,那么我就从僧吧。

三

出紫竹林禅院，沿曲折回廊，至潮音洞的平坡上，就是不肯去观音院了。

相传，在唐咸通四年，日本高僧慧锷第三次来中国求法，从五台山请得一尊观音佛像回国，行至莲花洋新罗礁附近，突然遍海莲花，舟不能行。慧锷便向佛像祷告说："使我国众生无缘见佛，当从所向建立精蓝。"他的话音刚落，船便主动向岸边靠去，在潮音洞旁泊了岸。有当地居民张氏睹此灵异，遂舍自家宅屋供奉佛像，自此，这里被称作不肯去观音院，普陀山成为观音道场。康有为也曾为此作诗云："观音过此不肯去，海上神山涌普陀。"

不肯去观音院的规模不大，只三间佛堂。来普陀的人，却都要到此拜一拜。佛堂旁有凉亭叫澹澹亭。傍晚的夕阳，把澹澹亭旁的岩石，染得红润透亮。大桶大桶的色彩倾倒下来，半海瑟瑟半海红了。人坐在亭中，人也被染成一个红润的人了。不知天上人间。

有孩子的欢呼声，在海边跌宕，他们在岩石的缝隙间，寻找贝壳。海浪跳上岩石，扑了他们一身，他们发出快乐的惊叫。他们的世界，无关佛。

风很甜润。我的心，宁静成一朵莲花。

四

是要去拜一拜南海观音佛像的。

整座佛像高达33米，礼佛广场占地5500平方米。据说1997年这座佛像开光时，对面的云端里，清晰地现出了一尊观世音，金光笼罩，光芒万丈。人们争相传说，观世音菩萨现身了。一旁的小沙弥证实道，的确现身了,这是众人的向佛之心,感动了观世音。

我情愿相信这是真的。佛家宣扬积德从善,众人向佛,说明他们都有颗从善之心。这世上,善良多一份,美好也就多了一份。

上山的路是用方石块铺成的,石块上雕着莲花。上山的人,便都脚踩莲花,步步向上,登山也就成了非常美妙的一件事。脚下生花,心也跟着生了花。

礼佛广场上,游人如织,香火缭绕。我仰头向上望去,目光得使点劲儿,才能攀上整座佛像。只见观世音左手托着法轮,右手五指竖起,目光慈悲地俯视着芸芸众生。问及,为什么要五指向上?小沙弥答,喻为施无畏印。就是观世音对人间所有疾苦,没有不施以救助的。

笑。替他担忧,大千世界,众生的烦恼无穷无尽,他如何能够施救得了。

五

不上佛顶山,等于没到普陀山。佛顶山是普陀的名片,又名白华顶、菩萨顶,为普陀山的主山,主峰海拔近300米。巅峰建塔,塔上置灯,叫"天灯台"。山顶常有云雾缭绕,每到那时,山峰在云雾中缥缥缈缈,形成独特景致,誉称"华顶云涛"。

我去佛顶山时,逢大雾,有幸见识了云涛的样子。放眼处,烟涛滚滚,远处的山峰,如一叶一叶的小舟,出没在烟波里。雾中隐约人语和鸟鸣,山更显清幽。

沿着石阶一级一级向上攀爬,我渐渐地有些力不从心了。问,共有多少级石阶啊?答,1088级。本是数着走的,数着数着,就忘了数字了。路两边的树又高大又茂密,问问年纪,都有成百上千年。

走走停停,一路的风景看过去,竟把云雾给看跑了。等到了佛顶佛的时候，空中已不见一丝雾气，太阳明晃晃挂着，灿烂耀眼。近处，梵宇金沙在阳光下粼粼发光，峻岩危石各俱情态。远处，碧波之上，无数的岛屿隐现，像青色的盘子里，装着一蓬蓬蔬菜。想这菩萨真会选地方，选这样一处桃花源，让他天荒地老地待着。菩萨原也是有私心的。

佛顶山上有慧济寺，庙宇气宇轩昂。我进了慧济寺，禁不住陪同我的小沙弥再三劝说，我也请了三炷香。学着小沙弥的样，用食指和中指夹住，把香平举至眉头上。小沙弥说，一炷敬佛，一炷敬法，一炷敬僧。他说，你许个愿吧。

我想了想，默许下这样的愿：愿上苍庇佑所有的好人，一生平安。

下山去。山脚下，遇到一年轻信女。二十多岁的样子，黑衣黑裙，长发用一方帕子挽了。脸庞清秀，然神情凛然。她正往山上来，目不斜视，三步一跪，五步一拜。跪下时，她的头深深地勾下去，抵着地，一叩，两叩，三叩。我在一边看着都吃力，她却一丝不苟地做着。有些替她担心，那么多的石级，她如何一步一步叩上去？

她瘦弱的背影，望上去真是单薄。佛若有灵，定当保佑她罢？

六

坐车前往普济寺。普济寺是普陀山的佛教活动中心，那里建有约十五亩地的莲池，名叫海印池，亦名放生池。

车上遇一尼姑，尼姑着玄色的衣，脚蹬罗汉鞋。光光的头上，扣一顶白色的旅游帽子。因她生得浓眉大眼，初看时，我以为是个男人。直至她冲我一笑，我才发现，那眉眼间，是女人才有的温柔。

下车后，各自散去。我一路行来，一路观望。到达三摩地时，却见那尼姑迎面走来，看见我，她眼里跳出惊喜，笑说，我们又遇着了，真是有缘。

佛家讲的缘，大概就是这个样子的了，你每日里所遇着的，是这个，而非那个。你每日里所抵达的地方，是这处，而非那处。

尼姑拿出她的相机，请我给她拍张照片。我举着相机对准她，她却慌乱地摇摇手，冲我羞赧地笑，说，我还没准备好呢。她左右看看，然后挑一石凳，坐下，石凳的后面，是参天古木。她取下头上的帽子，把衣角反复理了又理，认认真真摆好姿势，这才对着镜头笑了。

那一笑，竟似莲花盛开。

七

我离开普陀的时候，是在上午八点多。

这时候的普陀，又迎来它崭新的一天。来山上做佛事的香客，团团坐了一屋子，都是一家一家的。孩子们不管佛的事，他们兀自在人缝里钻来钻去，打打闹闹。僧侣们各就各位，木鱼敲起来，佛珠捻起来，一段经文念起来，声音拖得绵长绵长的。

我走好远了，耳边还回响着他们念经的声音。回头望去，我曾住过的紫竹林，已被青山绿树兜住了，只露出尖尖的檐角，宁静，安详。仿佛是梦中景象。

九点的时候，我已坐上了去宁波的轮船。普陀山在我的身后渐渐远去，很快，与其他的岛屿融为一体。远眺过去，一片海雾茫茫。烟波之上，若隐若现的，都是青青的山峰，实在分不清哪是普陀了。

一个人的丽江

一

去丽江，一个人。

行囊里，只塞了一本书，三毛的《万水千山走遍》。喜欢她的行走，比喜欢她的文字更甚。这辈子，我不能像她一样走遍万水千山，但我将尽可能地，把我的足迹，印到足够高足够远的地方去，譬如，丽江。

从上海坐飞机到昆明，再从昆明转车去丽江。车子抵达丽江时，已是午后。有人欢呼："丽江到了！"一车的人，兴奋起来。我从旅游大巴上跳下来。半路上认识的上海一家人，在我身后叫："要不要跟我们一起走？"我冲他们笑着摆摆手："不用，我自己一个人走。"是的，我要一个人，看丽江。

眼前，是鳞次栉比的房，高高低低错落有致。黛青的瓦，木质的门窗，檐角翘翘的，像鸟翅张开，蠢蠢欲飞。有水绕房而走，清清亮亮的。让人有一刻恍惚，以为置身在江南某个古镇。天空很矮，云朵像一群一群的小白鸽，憩息在人家的房顶上，仿佛一伸手就能够到。

我深深呼出一口气，在心里道一声，丽江，我来了。不辨方向，我也不去管什么方向了，只随便走，所到之处，皆是风景。花多。家家的房前屋后，都有一种两种颜色衬着，三角梅，或是月季，或是早菊，流光溢彩。"古城无户不养花"的传说，看来不虚。

客栈多，古色古香。名字叫得诗意纵横，如"等你""转角微笑""一米阳光"……据说大多数是外地人开的。外地人到了这儿，爱上了，不愿走了，于是来此定居。

我跟着水走，人迹渐渐稀少，一木质门楣映入眼帘，上悬"缘分"两字，很禅意。门大敞着，四合院，小天井，里面花草葱茏。我走进去，四周转一圈，没看见人。一盆菊开得好，粉脸笑盈盈的，我正弯腰嗅，突然从一间屋子里走出主人来，一对小夫妻。他们含笑招呼我："来啦？"仿佛我跟他们有过约定。我颔首："哦。"再不愿移步了，就是它了。

女子引我上楼。楼上有小客房，布置清爽精致。阳台的茶几上，摆着新鲜的水果，香蕉和梨。几本时尚杂志，随意摊在藤椅上。

女子眉目清秀，她给我泡上茶，浅浅笑："累了吧？你先歇着，有事叫我们，我们就在楼下。晚饭若愿意跟我们一起吃，提前说一下，我们给你准备。"

我笑着道谢。

坐定，一颗倦怠的心，安静了。一水之隔，对岸也有这样的客栈，风吹起它的窗帘，梦境一般。远处，有隐约的山，绵延起伏，我猜那里是玉龙雪山。不远处，金沙江在奔腾。而无数的小溪流，则奔流在这个叫丽江的古城的街道上，穿巷入户，成为古城的血液，一年又一年，不息地流着。

二

去古城著名的四方街。

我走出好远了，客栈女主人突然追出门来关照："你顺着水走，就不会迷路。"

四方街是古城的心脏，像个巨大的四合院。街道全用五彩石铺砌，晴不扬尘，雨不积水。潺潺流水，涓涓流着，流向四面八方去。那里，延伸出众多街巷，星罗棋布。据说这是当年纳西族首领木氏，按其印玺形状所建。而当年的茶马古道，是把这里当驿站的。

我的脚步轻轻踩上去，我的脚下，往昔的岁月暗流汹涌。八百多年前，这里商贾云集，马啸车喧。八百多年后，这里店铺林立，人头攒动。历史和现实，就这样重叠着，交错着。

街上的店铺里，多的是卖银器的。十块钱可以买副银手镯。五块钱可以买枚银戒指。从没见过那么多的银，一堆儿一堆儿的，在天光下熠熠闪耀。仿佛全世界的银，都汇集到这儿来了。

走过一家店铺，再走过一家店铺。有打银器的师傅，正在店门口操作，小锤子轻轻敲起再落下，一枚银戒，转眼间成了。他用锉刀细细磨。我站一边傻看，问："是真的银吗？"这话问得颇不礼貌。他却答得一丝不苟，说："当然是真的，都是纳西族人自家的银。"

他却不是纳西族人，而是浙江人。十来年前就来此做生意了，越来越爱上这个地方，于是在这儿买房，并接来全家老小，融入丽江，成了丽江千万条小细流中的一股。他伸手一指左右店铺，笑说："这里好多都是外地人呢。"

眼光越过那片房子去，远处，山与天齐。想当年，人们从这里，沿着茶马古道往外去，驮了茶叶和药材，换取外面世界的盐和布匹。而现在，人们从四面八方走向它，寻找当年的足迹。时光画着一个奇异的圆圈。

我买了一大堆的银饰，脖子上挂着，手腕上佩着，甚至挎包上，也给挂上一件。丽江的天空下，我整个的人，银光闪闪。

三

去木氏土司府，它是丽江古城的"大观园"。

不认识路，正拉住一人问，人群中突然蹿出一个小孩来，大声对我说:"我知道。"是个当地的孩子,黑,瘦,两只眼睛却黑葡萄似的,异常有神。他的肩上背着一个网兜,里面横七竖八躺着一些空矿泉水瓶。我觉得好笑,弯下腰问他:"你真的认识?"他斜睨我一眼,说:"我们的木王府,谁不知道!"语气里,是满满的自豪。他答应送我去,条件是,我手上的矿泉水喝掉后,要把空瓶子给他。这个容易,我当即连水带瓶给他,他却不要,说:"你这不是空瓶子。"他在前面跑,小泥鳅似的,不时停下来等我。我夸他汉语说得真好。他说他们老师教的,他们老师是汉人,说话像唱歌,可好听了。他还告诉我,他们老师要他们好好学习,长大了到外面的世界去看看。我问他:"丽江不好吗?"他答,"好。""但外面的世界,也好。"他低头笑,有些不好意思。木氏土司府到了,按约定,我给了他矿泉水瓶,里面还剩一点水。

他站定,不接,眼睛却看着我。我笑笑,喝光了里面的水,他这才笑嘻嘻接过去,说声谢谢阿姨,人已溜远了。

整个木府建筑群坐西朝东,气象万千,有点像我看过的故宫。里面有议事殿、万卷楼、护法殿等,每一幢建筑,都气势恢宏,画梁雕柱。登上木府最高点,古城尽收眼底。

门前木牌坊上大书"天雨流芳"四字,纳西语是"读书去"。据说当年的木氏,特别注重推广读书,"知诗书好礼守义"。我的眼光,久久停留在"天雨流芳"四个字上,黄昏的金粉,撒在上面,熠熠生辉。

四

在丽江,最好的姿态,不是行走,而是发呆。

到处看见发呆的人。有坐在小河边,什么也不做的,只望着街景傻笑,阳光洒在他们脸上,波光潋滟。有坐在酒吧里发呆的,要一杯红酒,听着音乐,看着窗外。你偶一抬头,望见窗后一张脸,正朝着你,慵懒的。你忍不住笑。也在客栈的墙上,看到一行调皮的小字:"我们一起发呆吧。"时光真静。

走上一座石桥,看到两个纳西族的老妇人坐在石桥的桥墩上,发着呆。她们着靛蓝的衣,黑色的多皱褶的裙,脖子上挂着银项圈,头上戴红军帽。她们对身边猎奇的目光视而不见,眼睛望着前方,那里有翠柳,有群山,有远方。

有游客举起相机对准她们,她们感觉到了,赶紧拉下头上的红军帽,遮住了脸。一会儿之后,她们拿开脸上的帽子,继续发呆,眼睛依然望着前方。

我笑笑,打消了拍摄她们的念头。我坐到离她们不远的地方,看她们,看近处的小河,看不远处的房,看那些红花绿草。它们安静在丽江的天空下,地久天长的模样。我也开始,幸福地发呆。

五

夜晚的丽江,是华丽而多情的。满街的红灯笼,几乎于一瞬间,同时绽放。火树银花不夜天。

四方街的广场上最是热闹,那里早早搭起舞台,燃起篝火。舞台上歌一片舞一片,灯光妖娆。一圈的人围着篝火跳起来,再一圈的人加入进去,最后圈子越加越大。路过的游客,先是站一边笑看,后来忍不住了,也挤进去了。不会跳不要紧,扭扭身子就行了。你的手牵着我的手,跳啊叫啊,俗世的烦忧,全抛得光光的。相视一笑,五湖四海的陌生,都成熟稔。

烧烤摊子沿河岸一溜摆开,这岸,那岸。每个摊头,都簇满人。烤鱼,烤肉,烤蔬菜。我看到居然把青菜烤着吃的。满街的流金红粉,仿佛满天空的云彩掉落下来,倾倒在河里,河水像浓妆艳抹的丽人,眼波流动处，都是风情。

我在河边，挑一个座位坐下来。立即有小姑娘拿了点菜单过来，笑吟吟问我要点什么菜。我点了两份烧烤，还有丽江出名的糍粑。

这岸不知是谁先唱起歌来，唱的是纳西族民歌，调子高亢，适合对歌。那岸立即有人应和。起先是一个声音，两个声音，后来汇成无数的声音。游客们也参与进去，新歌老歌连着唱，这边唱《达坂城的姑娘》，那边唱《康定情歌》。

卖银饰的纳西族女人，满身丁当地路过我身边，问："胖金妹，要银啊？"她的普通话说得不标准，但大致能听懂。我因她那一句胖金妹笑起来。纳西族真是个有意思的民族，女人多以胖为美。且女人特别宠男人，家里家外的活计，都自个儿撑着，无限辛劳，却让自家男人游手好闲着，养花种草，弹琴品茶，日子悠闲雅致得不行。

我看着眼前的纳西族妇人，猜想着她的男人，平日里是不是也穿雪白的衫，手摇折扇，对着花草吟唱？女人再问："胖金妹，要银啊？"我晃晃手腕，我说我有了呢。却对她手腕上的手镯感兴趣，我问："卖吗？"她说："卖。"竟毫不犹豫脱下来。我到底没买，我怕买了人家祖传的宝贝。

有人坐我对面，手里拿着一瓶啤酒，倾过身来问："一个人？"然后递过纸杯来，给我倒了一杯啤酒。

我笑笑，对他举起杯。

一瓶啤酒见底，他跟我说再见。我说走好。自始至终，我们没聊过什么。

这就是丽江，不问来处，不问去处，只管放牧着你的欢乐，或者，忧伤。

心中的日月

一

在藏语里,香格里拉是"心中的日月"的意思。

八月的一天,我一路奔向香格里拉。从云贵高原踏上青藏高原,地势直往三千米以上爬升。高原反应越来越明显,我的额两边,痛得嚯嚯的,须用手不停地按着。旁座有人递我一块巧克力,说:"补充一下糖分,会好些的。"我冲他笑了笑。萍水相逢的温暖,总是深入人心的。不肯闭起眼睛打盹,眼光一直落在窗外,车窗旁掠过很多低矮的植物,低矮的山峦。心里的期待,像一只欲奔跑出来的小兔子,不安地上上下下乱窜着。旧时新嫁娘不过如此吧,红盖头下是惴惴的不安,不知那个郎君是个啥模样的,就等着一掀盖头了。

感觉上已走了好几百里,却被导游洛桑告之,我们最多才走了五千米。"五千米?怎么可能?我们从早上一直在路上走着哪。"有人叫。洛桑笑眯眯的,不急,他伸手往对岸一指,那里山峦连绵。他说:"看到对面的山了吗,我们刚刚就是从山那边,绕到山这边来了,直线距离,绝对不会超过五千米。"大家"啊"一声,恍然大悟,敢情我们都被这云南的山给捉弄了!近在咫尺,却如远在天涯,偏叫你不能轻易触摸到。

车了又向前驶了好长时间，大家看向窗外的眼睛，越来越焦急。到底有人按捺不住了，问洛桑："香格里拉还没到么？"年轻的康巴汉子，这时好笑地睁着一对黑白分明的大眼睛，对我们眨啊眨的，说："到了呀，早就到了呀，我们脚下的土地就是亲爱的香格里拉呀。"

"那你为什么不早说？"大家嗔怪他，齐齐扑到窗前去，想看出窗外有什么不同寻常的景致来。结果，却落空了。窗外平静得几乎什么表情也没有，像我们往常在家走着的一段路，就是那样的一段路而已。

期待的心，慢慢平稳下来。不再激动，甚至连轻呼也不曾有，我以同样平静的表情，与香格里拉相遇。省略了握手，省略了寒暄，我们互相打量着，像早已熟悉的那一个，寻常，淡定。

沿途，是山，数不尽的山。天空很低，仿佛就匍匐在山的上面。白的云朵，在山巅之上，不紧不慢地漫着步。山下有房，土黄色，像安静卧着的大黄狗。房上插旗，有一面旗，两面旗，三面旗。一般人家插一面旗，表示信教。插三面旗的人家，地位最为尊贵，是家里出了活佛或有得道的高僧。那些旗，迎风猎猎，像夕阳下守望岁月的老人，神秘，安宁。——这是很奇怪的一种感觉。

二

湍急的金沙江，一路狂奔，在流经石鼓镇长江第一湾时，突然急转北上，从哈巴雪山和玉龙雪山之间的夹缝里，硬生生挤了出去，形成了一道世界上罕见的裂痕——虎跳峡。峡内礁石林立，有险滩21处，跌坎7处，落差都在170米以上。水势汹涌，声闻数里。狭窄处仅三十来米宽，相传猛虎下山，在雄踞江中的一块礁石上轻点虎脚，腾空越过，故有"虎跳峡"之称。

导游洛桑站定在谷前，眼望着对面的山，深吸一口气。他年轻的脸上，现出少有的凝重。他讲了一个故事，说有一天，一个外国游客独自探险至此，面对如此壮观的大自然，不由自主"啪"一下，双膝弯曲跪下，失声大哭。"大自然的美，常常让我们无法言语。"洛桑喃喃。"请爱护这里的一草一木，谢谢了！"洛桑对我们弯腰拜托。动容！之前，同行中有人曾掐了一把薰衣草的，这时，悄悄把那草，在衣袖里藏了。

大自然教会我们的，唯有敬畏。

有阶梯下到谷底，曲曲折折。老远就听到水声咆哮，不息不止，哗哗哗，哗哗哗。如万马奔腾，这边那边，震耳欲聋。

阶梯陡而窄，却不见拥挤，大家互相谦让着走。下到一个曲折处，再下到一个曲折处，不知拐了多少的弯，突然有清凉扑身，白花花的水影子在眼前飞舞。大家惊叫欢呼，以为就到谷底了，岂料下面还有更深处，惊喜后面还有惊喜。

终于，一方平台呈现在眼前。那是一块天然巨石，仰卧着，有三四张方桌那么大。站平台上向下观去，峡底尽收眼底，水流越发湍急，中间横亘着一块礁石，霸道地把激流一劈为二。激流却不服输地偏要从礁石上过，勇士一样的，一排又一排，轰隆隆直奔过来。溅起的水花，在礁石上硕大无朋地开着花。那些白花朵，经太阳光折射，变幻出万紫千红来。有的来不及开花，干脆"唰"一下，冲过礁石去，做激流奔涌。

我们屏了呼吸，静静注视着眼前的一切。一边是自然界千万年的欢唱，一边是人生匆匆足迹，似梦非梦。突然理解了那个下跪的外国游客，大自然若此，让人还有什么话可说？唯有泪流。

我的目光，沿峡谷底部向上攀升，层峦叠嶂中，有细若游丝的一道白线，悬在半山腰。据说那是当年的茶马古道。当年，顽强的康巴汉子，用马驮着茶叶和药材，翻过一座一座山，去换取外面世界的布匹和盐。他们披星戴月，风餐露宿。山路难走，何况，本就没有路？所以，一步一危险，常常出现人和马都齐齐翻下山崖的事，不知哭干多少倚门守望的卓玛的泪。就这样，他们硬是用马蹄，用脚，用生命，在岩石之上，踩出一条希望之路，蜿蜒于崇山峻岭中。

千百年过去了，当年的康巴汉子，早已沉睡在历史的长河里，却把一种精神留下了，和山川河流一起，成为永恒。

三

纳帕草甸又称纳帕海，三面环山，是香格里拉最大的草甸，也是香格里拉最具高原特色的草甸。由于纳帕海气候湿润，牧草生长比其他地区要快得多，每年五六月份，其他草原上的草，才冒嫩芽，它这里早已绿草如茵，层层起伏。有小花点缀其中，红红，黄黄，紫紫。一望无际铺开去，织锦一般的。远处，山与天齐。

我在黄昏时，踏上这片草地。夕照的光芒，碎金一样的倾倒在这片草地上，草地变得华美无比。

来的路上，我的想象里，这里应该牛羊成群，牛们羊们，都安静在草地上，幸福地吃着草。事实上，不是，搭眼望去，辽阔的草地上，少有牛群和羊群的影。各地蜂拥而来的游客，霸占了草地。马蹄声"哒""哒""哒"，远远近近，他们在草甸上遛马玩。马是驯养有素的马，温良谦恭得不得了，一个个低眉顺目着，沿着既定的路线，舒缓地走。——那里，早就被它们的马蹄，踩出无数条弯弯曲曲的小道。远望去，像草地上卧着的一道道伤疤，触目惊心。

当地牧民游说我们骑马，说："十块钱可以遛一圈呀。"我的同伴兴冲冲跨上一匹枣红色的马，她是第一次骑马，兴奋得"嘚锵锵"。她问我："你玩不？"我看了一眼那匹马，那匹马刚好也在看我，眼睛温良得让我不忍对视。我不知道，马若会说话，它此刻会说什么呢？它本应扬鬃驰骋的岁月，却只能如此被消耗着，几多无奈，几多委屈，一天天，一月月。

我摇头，我说我就随便看看，你玩吧。同伴一拉缰绳，马跑了开去，她的惊叫声与笑声，渐渐远去。

几个藏族小孩不知何时跑到我身边来。他们穿着花花绿绿的藏袍，戴着帽檐翻卷的藏帽，黑黑的脸上，嵌着一双灵活的眼。最大的不过八九岁，最小的只有三四岁。他们有的牵着羊，有的抱着小羊羔，商量好了似的，一齐仰着小脸，对我要求道："阿姨，和小羊拍张合影吧，我们的小羊可听话了，一块钱，随你怎么拍。"

我抚抚他们黑黑的小脸蛋，问："怎么汉语说得这么流利呀？"他们很骄傲，说："我们老师教的，我们的老师，是丽江的，我们在学校学汉语。"

为首的那个小男孩怕我不信，他用手指头，在泥地上划了两个字给我看。"阿姨，这叫'人'对不对？这是'羊'对不对？"他抬头问我，神情颇得意。

地上歪歪扭扭的字，一个正是"人"，一个正是"羊"。

我赞许了他。他高兴地说："那么，阿姨，你和我们的小羊拍张合影吧。"

我说："好，我们一起拍吧。"他们立即摆好姿势，显得十分老练。牵在他们手里的羊却不肯配合，老想开溜，被他们一把攥住，他们对羊说："拍完照再走，拍完照再走。"

我给了他们十块钱。他们欢天喜地，一个劲地说："谢谢阿姨。"转身，他们又跑到其他游客身边去了，几只羊，不情不愿地跟着去了。

我有些惆怅，站在草甸边，望着远处的山，我很想知道，那里的平静与单纯，是否也被打破。

四

从中甸向北，草原连着草原。草原尽头，群山连绵，而在群山之中，坐落着一座庞大的古建筑，这便是云南规模最大的藏传佛教寺院——噶丹·松赞林寺，又称归化寺，始建于公元1679年。传说达赖喇嘛在为该寺选址时，曾占卜，得到神示："林木深幽现清泉，天降金鹜戏其间。"寺院建成后，寺内果真有清泉淙淙，春夏不溢，秋冬不涸，并能常见一对金鹜出入。

扎仓、吉康两大主寺是全寺的统领，建于山坡之上，坐北朝南，为五层藏式雕楼建筑。殿宇屋角走兽飞檐，又具汉传佛教寺庙建筑风格。左右墙壁为藏经"万卷橱"，正殿前座供奉有五世达赖铜像，其后排列着著名高僧的遗体灵塔。下层大殿有108根柱楹，代表佛家吉祥数。又有解说，人生有108种苦难。——我喜欢后一种说法。

不时有僧侣进进出出，都是庄严肃穆的。我产生奇想，以为这里，会住着中世纪受难的王子，上天垂怜，终于让他得见天日。洛桑却突然神秘地指着一个在礼佛的僧侣告诉我们，那人是他家的邻居，俗名原叫仁吉的。言语之间，颇多艳羡，颇多自豪。在藏人心目中，能出家向佛，是无比崇高且荣耀的一件事。

游人们都涌到山坡上的转经筒那儿，跟在两个僧侣后面，以手抚筒，转啊转啊，一圈又一圈。烦忧转走了。苦难转走了。不幸转走了。每个人都转得喜笑颜开的。

梵音从山下飘上来。梵音从山上落下去。如天籁。我一时竟如同被魔咒镇住，动弹不得，只出神地听。太阳是透明的，仿佛把整个天地，罩在一个透明的玻璃球里。站在山顶上俯望，这座叫噶丹·松赞林寺的建筑群尽收眼底，犹如中世纪的古城堡，金光闪烁。屋顶上的鎏金铜瓦，更是熠熠放光。佛家慈悲，万千众生，如同新生。

五

夜，在迪庆住下来。

洛桑问我们要不要去藏民家看看。有人赞同，有人不赞同。最后，赞同的占了大多数，每人另交六十元。我因头痛，想在旅馆休息。同伴劝："难得来一趟呀，去看看吧。"于是，去了。

旅游车一直开到藏民家门口，早有藏人在门口迎着，穿着节日盛装，端着酒杯，唱着歌，给游客敬酒、献哈达。我们脖上挂着洁白的哈达，合掌还了礼。上楼，穿过一间挂满民族服饰的房子，转身进入一个大厅。大厅四壁，全挂着织毯一样的壁画，当然那不是织毯，而是藏人的宗教，色彩艳丽。游客们在大厅里一排一排坐下，面前的长条桌上，已摆着倒好的酥油茶，还有青稞面。游客可以边喝酥油茶，边学做奶酪。

洛桑之前跟我们深情地说起酥油茶的好喝，奶酪的好吃。他说，酥油茶不但解渴，还解饥，藏人每天必喝上几大碗。藏人远行，随身必携带着青稞面，走哪儿，只要弄上一捧水，揉进青稞面里，就是世上最美味的奶酪了。他们靠这个，走遍万水千山。

我喝一口酥油茶，有些怪怪的腥味，不习惯。看其他人，他们兴冲冲端起碗，喝上一口，也都再无继续。倒是学做奶酪，都学得兴趣盎然的。一块面，在手上左搓右揉，最后成一坨，扁不扁圆不圆的。问洛桑："这就是奶酪？"洛桑惊讶地夸："你做得真像。"他抓起一块咬，在嘴里慢慢咀嚼，满是滋味的。我们也学他大咬一口，说不上是酸还是甜。总之，味道也是很怪的。看来，别人的美味，未必就是你的。

有吃烤乳猪的、烤全羊的。火铁架子就架在我们旁边，火苗儿一蹿老高，肉香味弥漫了整幢屋子。一边吃着烤肉，一边看藏舞，听藏歌。藏人的舞蹈，自不必说，男女老少都会，他们一旦跳起来，浑身的每个细胞，仿佛都在舞蹈。歌喉也都是一顶一的，有一个七十多岁的老妇人，甫一亮歌喉，立即惊艳四方。那声音太特别了，如金属相扣，每一个音符，都被她唱得光芒四射。一屋的人，把地板跺得"咚咚咚"，齐声说着："扎西德勒（吉祥如意）！"声震屋宇。

外面不知什么时候，微微飘起了小雨，但人们兴致不减，涌到外面，跟在藏人后面，学跳篝火舞。胳膊挥起来，脚踢起来，一圈一圈。大家手拉手，认识的，不认识的，都亲密无间。这个时候，所有的欢乐，汇成一堆篝火，不分彼此，不分来处，一齐熊熊燃烧。一直持续到夜深，众人才恋恋不舍告别藏人家，回到旅馆。

在宾馆大堂，洛桑千叮万嘱一些注意事项：不能一个人到街上乱逛，防止出意外；不能在卫生间洗澡时间太长，高原气候干燥，被子上最好洒点水……我的太阳穴两边疼得厉害，只想早早把自己丢到床上去，他那边话未完，我已往房间冲去。

真的到了床上，却难以入睡。我睁眼打量四周，一面白墙壁上，挂一颜色鲜艳的织物，底色是扎染的靛蓝色，上有繁杂图案，日啊月啊羊啊什么的，充满神秘。看不懂，却觉得和谐安详。我想，这大概就是藏人追求的世界，所谓天堂，应是一切生命安于自己的生命，彼此尊重，亲密共处。

外面黑魆魆的，天空匍匐在大地上，整个香格里拉渐渐进入沉睡中。偶有一两声藏獒的吠声，沉沉地传过来，空旷，辽远，莽莽苍苍。

北方的秋天

没去北方前，感觉里，秋天的北方，是满目凋零的。事实上，全然不是这样。

就拿沈阳来说，秋高气爽的天，太阳比南方的要烈，要热情。树也绿着，花也开着，更让人流连的是，它的果实累累。真的就是果实累累啊，乡下的路边，随便一处山坳坳里，都可见一树一树的果子，红的，黄的，紫的……饱满成无尽的诱惑。

去青山沟。

一路绕山而行，绕水而行。山不高，仿佛一伸手，就能触摸到山顶。如果说，南方的山是纤细高挑的女人，千娇百媚，那么，北方的山就是体魄健壮的汉子，浑圆敦厚。山上云雾缥缈，阳光穿透岚烟，拉出一条条亮闪闪的线，在绿的叶间跳跃。北方的朋友说，如果再晚些天来，会看到满山的红叶呢。我笑，并不觉遗憾，有些好，原是要留在想象里的，这样才有念想。

北方的水，不似南方的多情，却自有它的柔媚处，譬如青山湖。水域辽阔，上下长达百余里，两岸青山对出，古木森森，山绿，树绿，衬出水更绿。人若掉进去，定也成一个绿莹莹的人罢。

青山沟多的是原始植物，尤其盛产野猕猴桃。沿着山路，曲折而上，一路有溪水跟随。满鼻植物的清香，如果嗅觉更好一些的话，还会闻到果子的香，是山楂、大枣、栗子、野猕猴桃。我们追着导游问，若看见那些野果子，可以随便摘了吃么？漂亮的导游小姐回眸一笑，当然可以的呀。

有游人骑马山路上过，马蹄嗒嗒，踢飞溪水。头顶上蓝天白云，身边绿树环抱，心里不由得滑过那句话来："树在。山在。大地在。岁月在。我在。你还要怎样更好的世界？"

半山腰，有瀑布从高高的峡谷断层处飞涌而下。当地人在那儿立了一个很有意思的石碑，上书：九曲天水。很想尝尝那天水的味道，只是离得远，隔着山涧呢，想那味道一定很甜吧。导游小姐肯定地说，甜！我们这儿的水，都能生喝的，比矿泉水好。北方人的骄傲，溢满她眉间。

惦着山下的果子，果子在山民们的篮子里，野猕猴桃，山枣，板栗……旁有一株大丽花，开得轰轰烈烈。我们围过去，山民们很是厚道地招呼我们吃，拣大个的给我们。问价，极便宜，两块钱一斤。直吃得牙发软。

一路吃过去，吃南果梨，吃李子，吃山核桃。还有一种水果，名儿叫得好奇怪，居然叫"姑娘"，小小的果子，外裹一层胞衣，像躲在深闺里的小女儿，轻易不见生人的。揭开胞衣，可见到里面粉黄的"小人儿"，联想到它的名，让人忍不住笑起来，到底是姑娘家，人家害羞呢。

北方的朋友热情憨厚，一路之上，照顾有加，体贴入微，生怕我们吃不好住不好玩不好，笑容和话语，北方的秋天一样的，明净温暖。我回来时，他们送我一箱南果梨，殷殷相邀，再来啊。

当一场绵绵细雨，在我的城降落，路边的紫薇花，全部凋落殆尽。季节很是秋了。北方朋友发来信息，梅子，想你了。我抬头望一下天，眼睛湿润，是，我也很想念。想北方满山的叶，已全红了吧？岁月里，落满惦念的好。

最美的时光

新疆归来,已有好几日了,整个人却还是迷迷糊糊的,如坠云端。耳畔回旋着的,是牛羊的叫声。人声物语,都是呢喃。

就没见过那么多的草。

从巴音布鲁克,到那拉提,到喀拉峻,到夏塔,到赛里木湖,一路走过去,全是草啊。那些青青的草。那些绿绿的草。那些头顶着黄的小花紫的小花红的小花、伸着绿胳膊招展着的草,一座座的山峦上全是,一个个的山坡上全是。山谷里也长着。平地上也长着。绿在流淌,花在流淌,绵绵无尽。

还有雪山。

就没见过那么多的雪山。

雪未曾消融,莹莹的白披着,像披着件缀满了银珠儿的银袍子。那么近的距离,它们,就立在我的跟前,我只要一伸手,就可以触摸得到。雪山之上,云朵像巨型的猛兽匍匐着,白而胖的。而这些猛兽看上去,却是温顺的,收了性子的。它们伸着懒腰,打着哈欠,目光慈善又懵懂,似乎那冰雪,是它们最温暖的眠床。而雪山之下,绿草起烟,云雾般腾起,四下里弥漫。也时见冷松和云杉,在半山坡上,在山谷里,笔直地站成一排排,披着一身青绿,护卫一般的,守护着雪山。一年里的四个季节,不可思议地在这里相聚了。有春的烂漫，有夏的青碧，有秋的斑斓，有冬的洁白。

山峦连绵起伏，线条浑圆、柔和。看着它们，我老是要想到侧卧着的女人的剪影。那些绿草缀满的山峦，真的犹如柔情似水的女人，丰满的，又是幸福安康的。

哪里需要寻找角度？哪里需要选择地形？随便一处停下来，都能惹起你的惊叫，美啊！太美了！哪一处，都堪称经典。

你的眼睛看饱了，看倦了，那就拿耳朵听吧。躺到一块草地上去，听小花们窃窃私语，听小虫子们喁喁吟唱。还有牛羊的叫声，哞哞哞，咩咩咩。一丛草，被马儿的蹄子踩弯了腰，哈萨克族六七岁的小童，骑在马背上，一路呼啸而去。等马儿走远了，草们又挺直了腰。似乎是被调皮的小孩子捉弄了一下，它们有些哭笑不得地扑扑身上的泥，望着远去的马和小孩，并不恼，神情里纵容得很。

如果你还走得动，建议你最好不要停下脚步。你走起来吧，一直地走。不定要上哪儿去，你就迎着雪山走吧。或者，择一处青草茂密处。就那么，走向青草更深处，走向野花更深处，在海拔高达两千多米的草甸上。喧嚣的尘世，纷扰的人事物事，那都是前世的事了。你只觉得你的洁净，洁净得就像草原上的一棵草，一朵小野花，还有那屹立不语的雪山。

也时而遇见放牧的牧民，赶着一大群羊。你原以为羊只有白色的，在这里，你长见识了，你见到黑色的羊，黄色的羊，还有白黄杂染的羊。它们的毛发卷卷的，大尾巴卷卷的，眼神天真，真是好看。那些牧民有哈萨克族的，有蒙古族的，他们住毡房和蒙古包。他们说着你听不懂的话。但不要紧啊，天下的笑容都是一样的，里面住着良善。你若遇见，对望着笑一笑，心底里会有温暖浮起。

同行中有父女两个，女儿刚刚小学毕业，文静内向，言语不多。往常在家，父亲忙于工作，与女儿交流极少，女儿对他很生疏。这十多天里，他们形影不离地在一起，在能步行的时候，绝不去骑马或坐车，而是选择步行。他们一路走着，翻山越岭，看山，看草，看花，看牛羊。渐渐地，女儿对他，十分依恋起来，有着说不完的话。他感慨万千，他说，这次出行，真是值了。说着说着，眼中竟泛起欢喜的泪花。

我相信，这段时光，一定是他们一生中最美的时光。

第二辑

做一只陶罐

我祝愿一切生命,长成它自己想要的样子。

做一只陶罐

一

我每天早起的第一件事,就是问候一下我的花草们。一夜好睡,它们的心情看上去都不错。也有在梦中悄然绽放的,它怕是自己也不知。想它早起,猛然一转身,看到自己头上顶着一朵花,肯定要大吃一惊了,咦,我什么时候开花了?这么想着一棵植物,我笑起来。我会为它的盛开鼓掌。

也有光长叶不开花的。我也为那些叶子们欢喜。能做一片叶子,也是好的。有什么不好呢?宇宙之大,各有各存在的理由和生存的轨迹。相对于存在本身来说,无所谓伟大和渺小。我祝愿开花的好好开花,长叶的好好长叶。

我祝愿一切生命,长成它自己想要的样子。

二

有阳光的时候,我让一朵或几朵阳光,爬上我的身体,从眉毛,到嘴唇,再到心脏。

我也就成为一个发光体了，光芒万丈。

我会对同样在阳光下的那个人说，我爱。

为什么不说呢？有这么好的阳光，有这么好的世界，而我们，是多么好的两个人。

不辜负这份好。那么，就在还能清晰地表达爱意的时候，多说几声，我爱，我爱！

三

吃柚子的时候，我把柚子肉细细掏尽，壳晾在窗台上。一些天后，它就成了很好的器物。

装花，是再好不过了。

前些日从南通带回的一篮子花，搁家里很久了。是一个小女孩送的。她读我写的书，喜欢得很，便用花来表达她的喜欢。小女孩长着一张百合花似的脸，字也写得极其秀气，我看到花时，很自然地想到她。想她长大后的样子，那时候的她灼灼其华，谁才配得上她呢？

这么久了，一篮子的花，自动风干成干花。

我修修剪剪，把它们装到柚子花器中。退一步看，好看。进一步看，还是好看。左看右看，上看下看，就是好看。好看得要命。

一个上午，我因这一柚子的花，开心不已。

这世上不缺少快乐，缺少的是一颗，寻找快乐的心。

四

读书。越读书越觉得自己的浅薄。

我从不否认，我的能力很有限，才华也很有限。

谁能做到登峰造极呢？谁也不能。那么就老老实实埋头走路吧。

我们一辈子，最虔诚的生活态度是，永远做个小学生。学无止境。

五

我们人，就好比各式各样的容器，或大或小，或精致或粗陋。大有大的用途，小有小的用途。比方说，青花瓷里插一枝梅花，或一枝荷，当十分优美。瓦罐里养上一蓬铜钱草，会很是生机勃勃。关键是，你要让你这个"容器"里，有相应的内容好装。

如果让我选择，我愿做一只陶罐，上面开满小雏菊。

世上的美，是多方位的，多层次的。而你我，都是美的一种。

我祝愿一切的生命，长成它自己想要的样子。

三月的田野

三月里，我回乡下老家小居了一段时日。

突然间拥有大片空闲，天地变得又阔大又寂寥，我也就有了去地里走走的机会。

随便顺着一条田埂走下去，地连着地，一律的是麦苗青，菜花黄。蚕豆也快开花了。豌豆花跟油菜花比赛着开，一个恬淡秀雅，一个疏狂热烈。地沟里，田埂边，总能遇见很多的野草野花，泽漆、马齿苋、茵茵蒜、田旋花、婆婆纳、车前子，多不胜数。我最爱婆婆纳，这么老气横秋的名字，却长着一张精致无比的小脸蛋。它简直就是个小精灵，一朵朵小蓝，像撒落一地的蓝眼睛。

广阔的田野里，见不到人。我妈语气幽幽地说，谁家老的若病在家里，怕是也找不到个人帮着送医院的。听着，颇多伤感。我沉默了一会儿，明知故问，那么，人呢？我妈看我一眼，说，现在村上除了老的，就是小的，找不到一个小伙了，都出去挣钱了。

我点点头。

田野却不见荒芜，庄稼仍是一片连着一片的，长势很好。我妈七十五岁的老太太了，也仍然种着好些地。她说，不干活，浑身就难受。我姐也是，除了种田外，她还跑到街上的超市去上班，有时上晚班，要到夜里十点多钟才回家。埋怨她，你就这么爱钱啊！我姐说，我也不是为了钱，整天都找到事做，人才活得有劲。

也是。民间有句俗语，牛扣在桩上一样老。人和牛不同，人是在劳作中获得存在感充实感的。我理解了我爸我妈和我姐，种下一粒麦子，收获到一捧麦子，对他们来说，就是最大的成就吧。他们也无须别人来承认，来赞美。

譬如我眼前的这些小野花吧，它们完全可以自暴自弃，要那么辛辛苦苦盛开着做什么呢？也没人欣赏，也没人当它们是花。可生命是自己的，它们要明艳给自己看。再说，风是知道的。雨是知道的。露是知道的。还有阳光和星辰，还有野蜂和蝴蝶，它们都是知道的。对这些小野花来说，这就是活着的意义了。

我慢慢走着，有时停下来，等等风。或者，等等一只蝴蝶，一只小野蜂。回头望去，村庄的一排房子，安静在蓝天白云下。三两株桃花，涂抹着一片云霞，从人家的屋后探出头来。

邻居家的小白狗，奔了我来。它兴奋得很，绕着我直转圈子，上蹿下跳，它就差说，我终于找到你啦！第一次见面，我曾喂它一块肉，它记住了我的好。我拍拍它的头，唤它"小白"，带着它走，往一片芦苇荡去，那里面住着苦恶鸟。

苦恶鸟的名字真不中听，小时听到它叫，就害怕，尤其在寂静的夜里。它的叫声里，一迭声的"苦啊苦啊"，似有天大的冤屈。我奶奶说，它是恶媳妇变的。恶媳妇虐待瞎眼婆婆，死后就变成这种鸟，到处喊冤呢。人只有积德，才能转世为人的，这是我奶奶的人生观。它极深地影响着我，虽我从不信转世之说，但，一生要做个善良人，无愧于心，这点，我尽力在做。

苦恶鸟的样子，并不难看，甚至，还称得上英俊的。腿修长，颈项处，套一圈白，像套了个银项圈。我问小白，你认识苦恶鸟吗？小白朝我摇摇尾巴，似懂非懂。

我在芦苇荡里找了许久，也没找到苦恶鸟的影子。我有些好笑自己的痴心，时光已走了那么远，一只鸟怎会还待在原地。

清明风

清明有风。

其实哪一天都有风。但清明的风，它有了个正儿八经的名字，叫"清明风"。西汉时期的《淮南子·天文训》中是这么说的："春分后十五日，斗指乙，则清明风至。"

春天走到这里，算是站稳脚跟，功成名就了。它仪态万方的，随便往哪块田间地头上一站，那里该绿的，便都绿好了。该开花的，也便都开好花了。虫子们也都出来了。鸟们也都聚齐了。清明风吹着香，吹着暖，吹着说不出的好闻的气息，又嫩又软。唉，我们小孩子的心，被吹得像柳絮一样的飘起来，不知怎么撒欢着才好。那沟渠边的茅针，都冒出来了，可以一粒一粒找着，拔出来吃了。跑进菜花地里，捉捉小蜜蜂，也够我们忙活大半天的。或者，在河边折了柳枝，采一把菜花，坐在那老柳树底下，编编小花篮和花环。

每个孩子的头上，这天，都会戴上那样的一个花环的。我们蹦跳着唱歌谣："清明不戴杨柳，死了变黄狗。清明不戴菜花，死了变黄瓜。"——真是没道理。可我们唱得那么兴高采烈，信以为真。即便是男孩子，也会在头上认真地戴上一个花环的。我们迎着清明风，一路奔跑，头上的黄黄绿绿，跟着风飞舞起来，惹得蝴蝶来追逐。也正玩得起劲，家里大人的高嗓门,忽然传过来:"快家来给祖宗亡人磕头。"哎呀,差点儿把大事给忘了呀,赶忙转身往家奔。这天,家家都要供亡人的。

我们能知晓的老祖宗,也就是他们的一个个牌位。牌位上的祖宗亡人,我们多数没见过面。有幸见过的,比如我的婆老太,也多半被我们遗忘掉了。当烛啊纸钱的燃起来,我们几个孩子,一个接一个,对着牌位跪下来,像小鸡啄米般的,连连磕头,磕着磕着就偷偷笑起来,觉得好玩。

大人们嘴里念念叨叨,一边烧着纸钱,一边叫着谁的名字,说,某某,家来啊,家来取钱啊,你们要保佑一家大小平安啊。我忍不住四下里看,看他们会从哪里走回家来。案桌上,照例供着供菜:炒团粉、烧豆腐块、红烧鱼、红烧肉。米饭堆得尖尖的,筷子插在上头。我很害怕他们会把那些全吃光了,我是很想吃红烧鱼和红烧肉的。心心念念着这些吃的,外去玩一圈回来,中午的饭桌上,竟意外有红烧鱼和红烧肉,让我们对祖宗亡人感激不尽,他们竟一点也没舍得吃,全省给我们吃了。

对小孩子来说,死亡也仅仅是一个东西没有了,但很快,又有另一个东西冒出来,替代了它。就像桃花谢了,梨花又开了。他不会知道,祖母没有了,再没有一个祖母可以代替她。人是上了一定年纪,才懂得哀愁的,吹着清明风,有多少怀念的泪,落在心头。

这个清明,我很想念我的祖母。她在地下已十年了。

少年游

去从前的学校。

沿着从前的路,那记忆中的。路虽拓宽了,全铺上了水泥,然路两边的景象,却还是从前的模样。房子有些翻建过了,但住在里面的人家,姓张的,还是姓张的那一家。姓李的,还是姓李的那一家。有生有死,有来有往,几无间断。乡下绝大多数人家,都如一棵树,长在那儿,就在那儿,子孙后代,蔓延下来。

我一边走,一边在记忆里搜寻着他们的模样,他们的故事。这一路之上,每家悲欢,我基本上都晓得。少年时,我一天两趟,走着这条路去学校。

冯老头的房子还在路口。从前是三间草房,现在变成三间瓦房了。门上贴着红对联。看情形,是有人居住的样子。是什么人居住在里头呢?我上学时,每日里路过冯老头的家门口,也只见到冯老头一个人。那时,冯老头已经是个很老的老头了。我们几个孩子,放学了不急着归家,有时会在他家门口的场地上,跳绳或踢毽子玩。冯老头进进出出,也不知忙些啥,但对我们,是温和的,从不赶我们走。

靠近学校的小河边,居住着同尺的大老婆。同尺是个呆子,据说是读书读呆掉的。又据说,他年轻时,娶过几房老婆,后来老婆全跑了,只有这大老婆忠肝义胆地守着他。说是他家有恩于她家。——这当然都是道听途说来的。在当时,我们一帮少年的心里,这多少,有点神秘。

我们认识同尺和他老婆时,他们也是两个老人了。他们住在坐东朝西的几间茅草屋里,一旁的小河,流水淙淙。河边长一棵石榴树,五六月,榴花如一盏盏小红灯笼,悬在树上,好看得叫人发怔。

我们起初都有些怕呆子同尺,他虽头发花白,仍养得白白胖胖的,看见人,傻笑,嘿嘿个没完没了。他老婆很会哄我们,拿出炒蚕豆来给我们吃,一边安慰我们,不要怕,不要怕,我家同尺不打人的,他是个好人。

同尺过了不久,却死了。棺材摆在堂屋里,正对着大门。我们走过门口,就见到那口棺材。也没有过多害怕,只是觉得神秘。同尺的老婆守着那棺材,直到我们毕业离开了,那屋子,那棺材,依然如故。

我再去寻那间草屋子,不见。那里被一片树木覆盖了。同尺的老婆,也故去多年了。我也去寻那棵石榴树,拨开杂乱的树木草丛,终于寻到那条小河。小河早已枯竭,石榴树居然还在,它上面,爬满了枯萎的藤蔓。五六月里,它还会撑着一树的"红灯笼"的吧?我在它旁边站了许久。有鸟儿在不远处的树丛中,跳跳蹦蹦。

学校的校长知我去,带了老师出来迎我。原先的中学,变成小学和中学混在一起的九年制学校了。曾经的校园面貌已大改观,月亮门和一排青砖小瓦房,都不见了。还有那杨柳轻拂着的小木桥,和水边的小亭子,都已消失。有了很齐整的教学楼,还辟了一个小花圃,里面的红叶李,开得正喧闹。

我坐进一年级的教室里听课,听那些孩子们,像小鸟一样吟唱:春天的小池塘,微风轻轻吹着……

我恍惚看见,从前的少年,慢慢走过来。

一朵梅花的一生

从没想过一朵花的开放要多长时间。花开就是花开，只是在照眼的刹那，它的色彩，它的多姿，会让我们忘情地叫一声，呀，花开了。至于它在黑暗里，在风雨中，要独自行走多长时间，我们才懒得关心呢。再说，一朵花么，开起来还不是轻而易举的事么。

比方说，一朵梅花。

我们不晓得看过多少的梅花，从冬看到春。但我们从未对其中具体的某一朵梅花，产生过炽热的爱意。我们自然不知道，在一朵梅花成为一朵梅花之前，它有过多少的喜乐哀悲。我们的感情是那么泛滥，泛滥到我们随便一掏，就能掏出一把来。然里面到底有几分真心，怕是连我们自己也说不清。

一朵梅花到底要走多长的路，才能成为一朵梅花呢？当我偶然翻阅到宋伯仁的《梅花喜神谱》，我对此才有所了解，暗地里吃惊，原来，一朵梅花的盛开，是那么的不容易。我仿佛第一次认识梅花。

宋伯仁，南宋诗人，爱梅成癖。他为此专筑梅圃栽梅，又筑茅亭相对。每到梅开时节，他满脸清霜，满肩寒月，在茅亭边徘徊，细赏梅花种种可人之态，细嗅梅花之清香，不厌不倦。他边画边诗，创作出一部集诗画于一体的《梅花喜神谱》，生动而详细地记载了一朵梅花的一生——先是蓓蕾，后小蕊，后大蕊，后欲开，后大开，而后烂漫。烂漫之后欲谢。谢完之后就实。

蓓蕾的孕育，是从九月份就着手准备着的，一直持续到来年的一月份，经历麦眼、柳眼、椒眼、蟹眼四个时期，蓓蕾的外层鳞片才一点点破开，露出内层鳞片，花萼渐出。花朵的精华——花冠和花蕊，是藏在花萼中的。

一月至二月上旬，是花冠形成期。这个时期，花萼渐渐长大，慢慢撑破。最后，花冠终于诞生。有的如樱桃，有的如佛顶珠，有的如古文钱，有的如兔唇，有的如蝌蚪……千姿百态，妙趣横生。

接下来的一周，眼见着花冠鼓胀起来，含苞待放。这个时候最为美妙，是妙龄少女，是豆蔻年华。那柔粉的花冠，有的如药杵，有的如蚌壳，有的如鹳嘴……那里面，包裹的是怎样一团惊艳啊。

三四天后，花冠终于舒展开来，一瓣一瓣，大开特开，天真烂漫。如烟似霞，如帛似锦。人只看到它盛开时的明媚和娇艳，却不知道它已独自在黑暗里走了很远很远。它送别了秋，熬过了冬，这才迎来了它的光明和华美。虽然只有短短的两三天，而后，它就面临着凋谢。可是，对一朵梅花而言，它活出了它的价值和意义，它定是无悔的吧。

一朵梅花的一生，跟一个人的一生何其相似！你想拥有绚烂的人生，必得经历漫长的积淀、磨炼和等待。

看　海

冬天去海边，以为定是萧条的。其实不。那里的景象，才真正叫热闹呢。滩涂上，一望无际的，是那种盐蒿，红灿灿一路盛开过去，每片叶子，都是红的，小红花似的，豆沙红。于是，满滩涂都披上了花朵朵，娇羞的新嫁娘啊。

那人是在海边长大的孩子，对海的一切，熟悉得如同自己的呼吸。他能说出海边每一种植物的名字，对海里面的鱼类虾类贝壳类，更是如数家珍。他掐下一棵盐蒿，问我，你知道猪爱吃这种盐蒿么？我惊奇，你也养过猪？他说，当然。小时，常跑来海边挑盐蒿，回去用水浸泡，把咸味去掉，然后煮熟了，猪特别爱吃。

也说起小时跑来挖文蛤的事，可以帮家里大人挣工分的。工分是特殊年代的一个词，听上去，好遥远。他的回忆，却真切着，一根小扁担，压在细嫩的肩上。那边海水涨潮了，不知。等到海水漫到脚边了，他一下子惊慌得不知所措。这时，是他的二哥，冒着生命危险冲过来，接过他的扁担，拉着他跑，他这才跑到围堤上。回头望去，一片水茫茫。他动情地说，我二哥救了我的命，所以，我二哥现在不管提什么要求，我都会帮他。

他是真的这样做了。他二哥来城里有事，他丢下所有，全程陪着。他二哥孩子上学，他跑前跑后，帮着办入学手续。他二哥喜欢喝点小酒，他一段时期，身体有病，不能喝酒，但他二哥来了，他定要陪着喝几杯的。他对他二哥的好，除却骨肉亲情外，还有感恩的成分在里面。一个懂得感恩的人，是善良的。而这个世界，多么需要这样的善良。

我握他的手。这个男人，无权无势，也不能挣来大把的银子供我花。可是，他有善良。他还可以，在冬天的时候，陪我来看海。这让我心安。

除了红灿灿的盐蒿，滩涂上多的是芦苇。这个季节，芦苇们都顶着一头一头的花。柔软的花，柔软的白。历尽世事的老妇人似的，满目慈祥，而又充满怜爱地看着这个世界。

还有海鸥。盘旋在低空处，翩翩起舞。仰头，真正羡慕它们的舞台，这么的宽广。它们不寂寞，满滩涂的盐蒿，都是它们的观众。还有芦苇，还有一些依然在不屈不挠开着的小野花。枯茅草里，突然现出一点黄，黄艳艳的黄。是一朵两朵的小野花呢。那欣喜，让人发怔，莫名其妙地鼻子发酸。

生命是这样的顽强，这样的生生不息。

有一天，有那么一天，我会以什么方式结束一种生命形式，而又以哪一种方式重新存活呢？我常常会设想到死亡这个问题。

他说，不吉利。

但我还是要想，很多悼念的眼泪，会是灌溉我重新生长的雨水罢。我将以一种植物的形式，重新存活。譬如，就做这滩涂上的一棵盐蒿。譬如，就做那水边一枝沉默的芦苇。或者，就做一棵小草，在砖头缝里也能生长。

我是自然的一分子，我当还以自然的形式，回归自然。

这样想着，死亡并不可怕，它成了可亲的一种回归。这样想着，一些逝去的人，其实离我们不远，他们的呼吸，还在我们身边。或许，就是路边那一丛花。或许，就是风中飞起的荻絮。或许，就是那一袭一袭，吹过脸颊的风呢。

这样想着，便有了永恒。

海边无人，除了我们两个。

洗手做羹汤

读唐诗，读到王建的"三日入厨下，洗手做羹汤。未谙姑食性，先遣小姑尝"，爱极。特喜欢"洗手做羹汤"那句，很活泼，充满生活气息。是女子如玉的手么？浸到一盆清水里。女子弯弯的眉梢上，一定含了羞。心却是忐忑不安的，怕做不好汤。菜在案板上躺着，是剥光皮的芋头。或是，一些白的山药，可以做甜的汤。女子的发挽上去，收起女孩的俏皮，从此，做了人家的媳妇。

我以为，再多家常的细节，也敌不过这个洗手做羹汤的。这是怎样的一种可亲与可爱？一个女子，肯为你跳进厨房做羹汤。当汤在锅里"噗噗"地响着，厨房里氤氲着一层香的烟雾，而你，远远归来，一脚踏进家门，就被浓浓的香雾抱着了。你的心里，会绵延出怎样的满足与幸福来？好的日子，原是一鼎一镬滋润出来的。

记忆里，我的祖母，会做好喝的鸭羹汤。它其实与鸭一点关系也没有，完完全全是芋头做出来的汤。那时日子贫穷，吃不到鸭，但芋头却是不紧张的，屋后的土里，长很多。刨出来，剥下外面一层黑乎乎的皮毛，就露出里面雪白的身子。祖母的切功很了得，她会把它切成大小均匀的丁，一粒一粒，放锅里烧。汤烧得十分的黏稠，我的祖父爱吃。每到饭时，他总是吩咐祖母，做一碗鸭羹汤吧。

那时，我喜欢在一边看祖母做羹汤，一招一式，充满暖和香。切刀在案板上叮叮咚咚，灶膛里的火苗烧得旺旺的，空气中，飘着葱花的味道，让人特别安心。

现在，可喝的汤多了，鸭羹汤倒是不常见，它更多的是在怀念中。偶尔想起，我会到市场上去寻了芋头回来，学着祖母的样做。但手却立即瘙痒得不行，像有千万只虫子在皮肤里面爬。原来，芋头皮极易使人皮肤过敏。想祖母做了一辈子的鸭羹汤，却从未曾听她喊过手痒，那里面，该有多么深厚的爱的支撑！

我的小友娜尹，是个相当前卫的女孩，一宣布永不结婚，二宣布永不进厨房。一个人过多好啊，她说。于是天马行空，满世界游走，活得潇潇洒洒。她的新居里也有厨房，不过厨房里的厨具，都是簇亮簇亮的。她笑言，摆设而已。某一日，去看她，却看到她正挽着袖，异常努力地对付着一条大鱼。问她，干吗呢？她说，熬鱼汤啊。脸上的表情，竟从容得很。

后来才知，她爱了，爱的那人，上夜班，熬夜呢，她要熬鱼汤给他喝。鱼汤，大补，她这样说。一边幸福地笑起来，完完全全忘记了，她曾发过的誓。

因为爱你，才会为你洗手做羹汤。这就是凡俗的爱情，家常的，充满烟火气的。

幸福的盘子

结婚后,我添置得最多的家什,就是盘子——菜盘、果盘、汤盘,形态各异,五彩纷呈,像多姿的婚姻生活。

记得新婚时,我突然间拥有了一方属于自己的屋檐,恍惚得厉害。常常一个人,望着屋檐上方的一角天空傻笑,幸福的感觉,如藤蔓似的,一丝一丝缠绕到心中。

那是两间朝阳的小屋,门前有小小的院落,装进两个相爱的人,已是足够足够了。小屋倚墙摆一些柜,结婚时新买的。空闲的时候,我喜欢反复打开那些柜看,里面空空荡荡的。我很满意那种空,我要用它来盛装我们的日子。那时的我,特像一个好不容易拥有了一大把花花绿绿蜡笔的小孩,急于在空白的纸上涂抹。

厨房里本没有碗柜的,心里便渴望着添个碗柜。当时刚好新购了一架书橱,原有的书橱就成多余的了,我们把它改成了碗柜。外表漆成很诱人的奶油色,里面原先放书的那一方方小格子,用来存放碗盘杯盏再好不过了。碗柜改成的当天,我就跑到商店去,买回许多的盘子。瓷的,纯白的底子上,卧一圈靛蓝的花。花瓣儿瘦长瘦长的,像叶,有种遥远的韵味。我抱着一叠盘子回家,感觉里,我是抱了满怀的幸福。我把那些盘子放到水池里,一只一只小心地擦洗,直擦得光鉴照人,摆到碗柜里,心便在那些光亮的盘子上快乐地来回徜徉。寻常的日子，极少有机会用到那些盘子，但不时地能看看它们，就有着无尽的欢喜。

后来我外出，别的不买，盘子总要买一只两只带回来的。一次在苏州，逛古旧的店，竟淘得几只古色古香的盘，不问价钱，掏光身上所有，把它们抱回来，满心里都是意外的惊喜。还有那些缤纷的果盘，一只只，精灵古怪的模样，被我小鸟衔草似的衔回家来，搁置在茶几上、柜子上，里面装一些新鲜的水果，家的甜蜜便一盘装了。

前些时搬进新家，我舍弃了很多旧东西，但那一碗柜的盘子，却一只也没舍得扔，我把它们全部带到新家。周日的上午，我坐在新家的地板上看书，书是三毛的《我的宝贝》。三毛写道："在我婚后，也喜欢上了盘子。"那行文字上方，有很阔绰的留白，留白处，印着一只幸福的盘子。我盯着那只盘子看，我笑了，回头寻望我家的盘子，茶几上的，桌子上的，碗柜里的，我统统把它们数望了一遍。三毛的盘子是个半残的故事，而我，却很幸运地让我的盘子，把家常的婚姻一路盛装了来。

我考虑着，什么时候也在墙上挂上几只，让那些盘子，像寻窝的鸟似的，在我的小家屋檐下，做窝，栖息，安宁地入梦。

苦　趣

我称他黄师傅。

黄师傅是个挑夫，每天要上下黄山两趟，上午一趟，下午一趟。一趟承重二三百斤，挑着山上的所需，食物、水、蔬菜瓜果……山上的垃圾，也是靠他们一担一担挑下山的。

年轻时，我一担能挑上三四百斤呢，现在年纪大了，挑少了，黄师傅呵呵笑着，笑露出两排不算洁白齐整的牙。他站着，人半倚着担子。担子却不曾歇下，而是用根木棍子撑着。我仔细观察了一下，发现每个挑夫的手里，都有这样的一根木棍子。走路时，可当拐杖使。歇息时，可做靠依和支撑。

云雾一团一团袭过来，刚刚还是大晴天，转眼间飘起小雨。山峦隐约。碧树和红花，像在云雾中穿行，它们急急的，要奔着哪里去呢？瑶台仙境，不过这般吧。我和那人看得呆过去。

黄师傅看着我们发笑，他说，在这山上，什么时候看都是好看的，有太阳时看云，没太阳时看雾。四五月的天，看花。九十月的天，看叶。到冬天了，看雪。他的声音，沾着云雾的味道，和着草木的气息，令我不由得多看了他两眼。他约莫五十来岁，个子不高，瘦。眼睛不大，却有神得很，亮亮的，似夜露。

那会儿，我和那人正停在半山腰。下山路走得我们腿脚发软，实在走不动了，后悔着没坐缆车下山，却意外遇见一蓬一蓬的黄山杜鹃，下山之辛苦便变得无足轻重了。我盯着石凳后边的一棵黄山杜鹃看，花朵儿累累缀着，一枝花梗上，总有八九朵不等，呈欲放未放的姿态。好颜色呼之欲出，恰似女子犹抱琵琶半遮面，有娇羞之美。

黄师傅担着担子，路过我们身边。我们起初并未留意他，继续赏我们的花。他突然停下，递过来一句，这杜鹃花，这个时候最好看了。我惊喜他这么说，遂扭头看向他，问道，为什么呢？

你看呀，红颜色还都裹着嘛，饱饱的嘛，全开开来，颜色就淡了。

他的话让我听着高兴。花半开为最美，是我一直偏爱着的。

我和他很热乎地聊起来。知他从事挑夫这行当，已有二十八年之久。

扁担初次挨到肩上，挑着才走了一小段路，肩上那火辣辣的滋味呀，就像用烙铁在烙呐。

后来习惯了，也就好了。现在，我肩上的皮揭下来，都能直接做盔甲了。呵呵。

他说得很轻松，我听得却不轻松。我问，我们单身人走着都吃力，你还要担着这么重的担子，每天爬上爬下，又苦又累，就没想过改行做其他的事么？

想啊，想过，黄师傅的眼光落到他的担子上，久久的，没有挪开。那目光，有点类似于农民抚向他的庄稼，牧人抚向他的羊。

中途他的确改过行。他走家串户去收过荒货，也做过一段日子的泥瓦匠。后来，他还开过一家门市店，卖些日常所用，生意不错。但每当看到倚在墙角的扁担，他的心，便坐不住了，他听到大山在呼唤。

他就又进了山。每日里，在这大山里上上下下，他熟悉路边的每一块石头，每一棵树，每一种花。山里的小松鼠，和他也成了老熟人。他有时坐在石凳上吃干粮，有小松鼠就跳出来，嬉戏在他身旁。做挑夫虽苦，却自有它的妙趣,他割舍不了。

　　这大山多好啊,他这么感叹。复挑起他的担子,跟我们招呼一声,下山去了。他的身影,很快没进一团云雾里,和大山融为一体。

小鸟每天唱的歌都不一样

一

一只鸟在啄我的窗。有时清晨。有时黄昏。有时，竟在上午八九点或下午三四点。柔软的黄绒毛，柔软的小眼睛，还有淡黄的小嘴——一只小麻雀。

它一下一下啄着我的窗，啄得兴致勃勃。窗玻璃被它当作琴弦，它用嘴在上面弹乐曲，"笃""笃""笃"，它完全陶醉在它的音乐里。我在一扇窗玻璃后，看它。我陶醉在它的快乐里。我们互不干扰，世界安好。有一段时间，它没来，我很想念它。路上偶抬头，听到空中有鸟叫声划过，心便柔软地欢喜，忍不住这样想，是不是啄我窗子的那一只？

我的窗户很寂寞，在鸟儿远离的日子里。

二

街上有卖鸟的。绿身子，黄尾巴，眼睛像两粒小豌豆。彩笔画出来似的。鸟在笼子里，啁啾。我带朋友的小女儿走过，那小人儿看见鸟，眼睛都不转了，她欢叫一声："小鸟哦。"跳过去，蹲下小小的身子看鸟。鸟停止了啁啾，也看她。

它们就那样对望着，好奇地。我惊讶地发现，它们的眼神，何其相似：天真，纯净，一汪清潭。可以历数其中细沙几粒，水草几棵。

小女孩说："阿姨，小鸟在对我笑呢。"

有种语言在弥漫，在小女孩与小鸟之间。

我相信，那一定是灵魂的暗语。

三

我确信我家的屋顶上，住了一窝鸟。

深夜里，我写字倦了，喝一杯温热的白开水。四周俱静。我家屋顶上，突然传来嘈嘈切切的声音，伴着鸟的轻喃，仿佛呓语。我以为，那一定是一家子，鸟爸爸，鸟妈妈，还有鸟孩子。

我微笑着听，深夜的清凉，霎时有了温度。

我开始瞎想，它们是一窝什么样的鸟呢？是"泥融飞燕子"中的燕子么？还是"百啭千声随意移"中的画眉？或许是"两个黄鹂鸣翠柳，一行白鹭上青天"中的黄鹂和白鹭呢。简直活泼极了，翠绿，艳黄，纯白，碧蓝，怎一个惊艳了得？它们鸣唱着，欢叫着，发出天籁之声。

我没有爬上屋顶去看，它们到底是怎样的鸟。我不想知道。

它们一天一天，绵延着我的想象，日子里，便有了久久长长的味道。

四

故事是在无意中看到的。说某地有个退休老人，多少年如一日，用自己的退休金，买了鸟食，去一广场上喂鸟。

为了那些鸟，老人对自己的生活，近乎苛刻，衣服都是穿旧的，饭食都是吃最简单的，出门舍不得打车，都是步行。

鸟对老人也亲。只要老人一出现，一群鸟就飞下来，围着老人翩翩起舞，婉转鸣唱。成当地一奇观。

流年暗换，老人一日一日老去，一天，他倒在去送鸟食的路上。

当地政府为弘扬老人精神，给老人塑了一铜像，安放在广场上。铜像安放那天，奇迹出现了，一群一群的鸟，飞过来，绕着老人的铜像哀鸣，久久不肯离去。

我轻易不落的泪，掉下来。鸟知道谁对它们好，鸟是感恩的。

五

有一段时间，我在植物园内住。是来参加省作家读书班学习的，选的地方就是好。

两个人一间房，木头的房。房在密林深深处。推开木质窗，窗外就是树，浓密着，如烟般的堆开去。

有树就有鸟。那鸟不是一只两只，而是一群一群。我们每天在鸟叫声中醒过来，在鸟叫声中洗脸，吃饭，读书，听课，在鸟叫声中散步，物欲两忘，直觉得自己做了神仙。

有女作家带了六岁的孩子来，那孩子每天大清早起床，就伏到窗台上，手握母亲的手机，对着窗外，神情专注。我问他："干吗呢，给小鸟打电话啊？"他轻轻冲我"嘘"了声，一脸神秘地笑了。转过头去，继续专注地握着手机。后来他告诉我，他在给小鸟录音呢。"阿姨，你听你听，小鸟每天唱的歌都不一样。"他举着手机让我听，一脸的兴奋。手机里小鸟的叫声，铺天盖地灌进我的耳里来，如仙乐纷飞。

小鸟每天唱的歌都不一样，这句话，我铭记了。

那个借我肩膀哭泣的女子

我是在旅游途中遇到她的。

从上海往吉首去，火车一路哐啷哐啷。旅游淡季，外出的游人少，我一个人独享了一个卧铺车厢。心里面有些暗喜，出行在外，能一个人独处着不被打扰，实在够奢侈。我放下行李，倚了床看书，整个车厢安静得像一小舟。看书看累了，我把头抵到窗口，看窗外的景。黄昏下的旷野上，植物们的头上都罩着奇异的光芒。路边偶有一树的繁花扑过来，又迅捷退走，让人的眼睛，跳出欢喜来——好的风景，原来在途中。

天光渐渐暗了，黑夜来临。远处人家的灯火，渐次亮起，夜幕下，像游动着的一串串渔火，有漂泊之感。火车"呜"一声长鸣，在一处站点缓缓停下。鼎沸的人声，瞬间灌进耳里来，如奔腾的海浪。卖烤鸡腿的在车窗外大声叫卖："烤鸡腿五块钱一只！"难懂的方言，嘈嘈杂杂。一些人下车，一些人上车。人生的旅途本就是这样，各有各的起点和终点。

火车随后又启动了，嘈杂之声渐渐遁去，一切重又安顿下来，刚才缤纷的一幕，像是打了一个盹，做了一个梦。现在，梦醒了，耳朵里剩下的，只有火车哐啷哐啷的声音，单调，寂寥。我放下正在看的《小王子》，思虑着要不要躺下休息，突然听到门外有叩门声，很轻的，敲三下，停三下。再敲，再停，极有礼貌的。

我说不用敲了，请进来吧。我以为是列车员的例行检查。随着我的声音落下，门被轻轻拉开，一个年轻女子，站在过道微暗的灯光下，浑身仿佛沐在一汪奶油里。长发，长风衣，脖子上系一条暗紫的丝巾。年轻女子冲我淡淡一笑："你好，我也住这里，我怕惊吓了里面的人，所以敲门了。"

我回她一个笑，为她的体贴感动。对她的好感，几乎在一瞬间产生，我说："你是刚上车的吧？"她轻轻点点头，径自走到我对面的空床上，拉开被子，和衣躺下。

我无话找话地问："你也是出来旅游的吗？"

她模糊地应了声："哦……是啊。"

我兴致勃勃起来，我说我是去凤凰的，你呢？她半晌才答道，我随便。我有些尴尬，看她全无说话的兴趣，便顿住了话头，打开刚刚合起的《小王子》，继续看起来。

小王子说："如果你爱上了某个星球上的一朵花，那么，只要在夜晚仰望星空，就会觉得满天的繁星就像一朵朵盛开的花……"

小王子说："我会住在其中的一颗星星上面，在某一颗星星上微笑着，每当夜晚你仰望星空的时候，就像是看到所有的星星都在微笑一般！"

可爱的小王子！可爱的星星们！我掀开窗帘，看了一眼外面的天空，黑黑的天幕上，此刻也有千朵万朵花在开着吧？我微笑了。门外的过道上，间或有脚步声响起，在地毯上发出轻微的沙沙声，随后，复又归入宁静。

我的睡意渐渐涌上，关了灯睡下，突然听到对面她的手机铃声响起，是一段古筝曲。很美的曲子。我静静听了会儿，以为她会接听，却没有。古筝曲连绵不绝地响着，我想，大概她睡着了吧。遂好心地走过去，轻轻推推她，我说："哎，你的手机响了。"

出乎我意料的是，她并没有睡着，她说："谢谢你，我早就听见了。"

她拿过枕边的手机,翻身坐起,并不接听,而是看着手机屏上一闪一闪的提示灯,发呆。古筝曲弹过一阵后,终于停息。房间里静下来,有好一会儿,她只呆呆坐着,眼神空洞。

我很唐突地问她:"你怎么不接电话呢?"

她说:"一个无关紧要的人,不接也罢。"

我笑了,扯开话题,问她:"你好像也喜欢古筝?"

她听了,眼睛亮了亮,点点头,告诉我,她练了二十年的古筝。

话匣子由此打开,我们漫无边际地聊开去,聊各自的爱好,竟发现有许多的相似。我喜欢紫色,她也是;我喜欢唐诗宋词,她也是;我喜欢昆曲和苏州评弹,她也是;我喜欢旅游,她也是。后来,我们聊到爱情和婚姻。我跟她讲了我的好友的故事:我的好友,与一个小提琴手相识十年,相恋十年,其间的曲曲折折不必说了,两个人好不容易厮守到一起,坚持到最后,却还是以分手告终。原因是,小提琴手出国定居了,去了维也纳。我的好友主动提出分手。

她听得很认真,她问:"你的好友为什么不跟他走呢?"

我说:"她是清醒的吧,她去维也纳能做什么呢?她不会小提琴,连简单的英语对话也不会,她也离不开渐渐年迈的父母。要过一辈子,光有爱情是不够的。"

她不再说话。许久之后,她忽然说:"睡吧,晚安。"

"晚安。"我也轻轻说了声。黑暗慢慢覆盖,四周渐渐陷入梦境。

半夜里,突然被她的惊叫声惊醒,她嘴里嚷着:"不要走!不要走!"身子在床上极痛苦地扭曲着,仿佛在跟谁搏斗。我开了灯,走过去轻轻拍拍她。她醒了,坐起来,茫然四顾,脸上泪水纵横。我说:"你做噩梦了。"她不答话,一头扑到我肩上,倚着我的肩,轻轻啜泣起来。

她的泪,在我的肩上洇开,贴着我的肌肤,烫烫的。我产生了一种很奇特的感觉:她就是我的同胞姐妹,多年前走失,在万丈红尘中,独自流落了许多年，今又重逢。我抱紧她，伸手轻轻拍她的背，一下，一下。任她在我的肩上痛哭。

她终于收了泪，抬起头，理了理乱了的发，不好意思地冲我笑了，她说："打扰你了，我没事的，你去睡吧。"

我走回去，重又躺下，却再也睡不着。黑暗里，她突然轻声问："你睡着了吗？"我说："没呢。"她说："我跟你说说我的故事吧。"她开始说下去，杂乱无序的。她并不在意这样的无序，想到哪儿说哪儿。我也不在意这样的无序，听到哪儿是哪儿。

她本是个幸福的孩子，父亲是搞音乐的，母亲是个医生，一家人和和美美。她五岁那年，父亲有了外遇，弃母亲和她于不顾。母亲被迫离婚，她跟了母亲。母亲后来不惜代价，送她去学古筝，只因父亲爱上的女人，弹得一手好古筝。等她长大到能在父亲面前优雅自如地弹古筝的时候，母亲却被癌症夺去了性命。临走前，母亲对她说："千万不要跟人斗气，跟人斗气，就是跟自己过不去。你要学会好好爱自己。"她知道，母亲一辈子活得不快乐。

后来，她遇到一人。那人怜惜她的眼神，如温暖的煦阳，把她整个罩住，她无法抑制地爱上了。一个人，辛苦地奔波在爱的路上，不惜为他放弃了古筝，洗手做羹汤。可是，又能怎样？他是有家庭的，偶尔一起逛个街，都像做贼似的，见不得光。她那么渴望有一个家，一个完整的家，那么渴望正大光明地和他在一起。然而，他给不了她。他们有了争吵，一次又一次。这期间，她为他做过两次人流。最终，他还是选择了逃离。

她的故事说完，许久我们都没再动弹。远处有狗的叫声传来，在夜的沁凉里，显得空旷又迷离，火车应该路过一个村庄了。她说："谢谢你听我说了这么多话，我现在，轻松多了。"我轻轻笑了笑，我说："那好吧，你好好睡一觉，天亮了就快到凤凰。你可以到凤凰游游沱江，住住吊脚楼，再去苗寨走走，你会发现，这个世上，还有许多值得我们热爱和留恋的好地方。"她沉默着，许久之后，才喃喃应一声："好。"

第二天我醒来，她的床铺上已无人。台桌上留有她写的便笺，旁边叠放着她那条暗紫色的丝巾。便笺中她写道："好姐姐，谢谢你借了肩膀给我哭泣。你说得对，要过一辈子，光有爱情是不够的。我很好了，我现在要回去一趟，以后我会去你说过的那些地方。没有别的东西好送你，就把这条丝巾留给你，它也挺适合你的。"

从凤凰归来，我的脖子上便常系着她送的那条丝巾，暗紫的，上面撒着细碎的小紫花。看见的人都说好看，我也以为好看。每天出门前，我在镜子前系上它，我对着镜子里的人笑笑，对着脖子上的丝巾笑笑，心情愉悦。我很自然地，会想一想送它给我的那个陌生女子。但愿她现在一切都好。

第三辑
一折青山一扇屏

青山也好,这尘世里的一草一木一人一花也好,有多少都守在自己的一隅,你看见,或者没有看见,它们就在那里,寂然欢喜,温暖美好。

一折青山一扇屏

遇见那个守林人，是在一个秋日午后。我没想到，旷野之中竟有人家。那时候，他正弯腰在两间简陋的棚屋前，埋头刨一截木头。他身后的棚屋顶上，爬满开得好好的扁豆花，一簇一簇的小紫花，像一个一个的小美人，在秋阳下欢颜。棚屋前的晾衣绳上，晾晒着红红蓝蓝的衣裳。一条黑狗，伏在屋旁，眯着眼在打盹。听见人来，它抬起头，惊诧地打量一番，没叫，复又眯起眼打盹。

我是去寻竹的。竹这种植物，我从小亲近。小时，茅草屋的后面，就是一片竹林。每天放学归家，隔老远就望见那一堆墨绿，心里会跳出欢腾来，哦，到家了。有家可回，是大幸福。几十年过去了，这种幸福感还在。

城里无竹。听人说海边的林场有，于是，我和那人驱车百余里，去林场。海边，天高地阔，各种植物相安无事地生长，白杨树、杉树、银杏、刺槐……成片、成林、成海。有牛在林中的草地上，或卧着，或站着，一脸的幸福安详样。星星点点的小野花们，遍布草间。居然发现一大块野葵地，无人欣赏，野葵们就那样开得兴兴的，朵朵金黄。看着眼前景，古人云："天地有大美而不言。"诚然如斯！

守林人见到我们，并不惊讶，他继续埋头刨他的木头，木头花落了一地。风吹过，不远处的竹林，发出沙沙沙的鸣唱。

我们守在一边看半天，到底敌不住好奇，问，你刨这个做什么用呢？

他答，想做个灯笼。

灯笼？我望着他手中那一截木头，怎么也不能与灯笼联系起来。

留着挂了玩的，装饰装饰，守林人见我们一脸狐疑，他伸直身子，笑了。伸手一指他的棚屋窗口，呶，就挂在那儿。

我家女人说，一定好看，他补充道。

他穷，父母双亡，一直在海边护林，远离闹市，没有姑娘愿意嫁他。这样一晃就晃到三四十岁。两年前，有人牵线，他认识了现在的女人。女人从贵州来，带了一个五六岁的小女孩。在婚姻中受了伤，不愿再回伤心地了，想在这里寻到一个好人家，安安稳稳过日子。

见面之前，他的情况，女人都听人说了，女人不介意。女人只问他一句，你会对我和孩子好吗？

他木讷，不会说话，结巴半天才憋出一句，我有一碗粥吃，我肯定分你们大半碗。这是贫穷人的爱，更多的落在实处，供你温饱，让你安命。女人愣愣看他半天，哭了。

他们开始在两间棚屋里，生长平凡人的幸福。孩子很快跟他熟络，一口一个爸爸地唤他，亲热得不得了。女人的脸上，渐渐漾满笑容，屋前屋后的拾掇，种花种菜。这屋顶上的扁豆，就是她长的，守林人嘿嘿笑了。复低头，在刨好的木头上雕刻。这个秋天，孩子被送到几十里外的集镇上去读小学，女人跟着去照应。每个周末，他早早在家备好菜，开了摩托车去接她们，一家人回到这海边来。

四野安静，守林人雕刻木头的声音，如鸟在啄食，细细碎碎。阳光照着这一寸温暖的土地，扁豆花们兀自开得妖娆，这多像森林里的童话。我突然无端想起清朝刘嗣绾的诗句："一折青山一扇屏。"在诗人，是有感而发，眼前青山翠微，秀美如屏，让他迷醉。我想的是，青山也好，这尘世里的一草一木一人一花也好，有多少都守在自己的一隅，你看见，或者没有看见，它们就在那里，寂然欢喜，温暖美好。

偶　遇

　　小城有家卖饰品的小店，店名叫得极有意思，叫"偶遇"。小店开在一条古旧的街道上。店里卖的都是小饰品：精美的钥匙扣，拙朴的香水瓶，会唱歌的玻璃小人，五颜六色的发圈……每一样，都是精致小巧的。一间再普通不过的小屋，被装点得像童话。让人颇感意外的是，店主是个六十开外的老妇人，穿大红的衫，戴贝壳串成的手链，笑容灿烂，举手投足间，自有一段风情。年轻时，她迷恋小饰物，一直没有机会开这样的店，退休了，她重拾旧梦，天天守着一堆"宝贝"，把日子过得如花似玉。

　　那条街道我不常去，自然不知道这间"偶遇"。那天突然撞见，欢喜莫名。这样的相遇，不特意，不约定，带来的惊喜，像晶莹的雪粒，落在心上。一颗一颗，都是透亮的湿润和清凉。后来的一些天，我脑子里不时会蹦出那家小店来，一屋的小饰品，丁丁当当，丁丁当当。与老妇人的风情，竟十分的般配。我不由自主地微笑，岁月里，我们总会渐渐老去，梦想却不会。

　　也是这样的偶遇，在武汉。当地文友拉我去逛光谷步行街，她说那里的灯光，美得让人惊心。天桥之上，我被一朵一朵怒放的玫瑰花牵住了脚步。确切地说，那不是花，那是一堆橡皮泥。可它分明又是花，在灯光的映衬下，瓣瓣舒展，鲜艳欲滴。

捏橡皮泥的，是个矮个子男人，眼睛细小，皮肤黝黑，满脸沧桑。沧桑中，却有种淡定的平和。他在眨眼之间，把一小坨橡皮泥，捏成一朵盛开的玫瑰。我蹲下去，看他捏。他十指扭曲，严重残疾，却灵活。手像被施了魔法似的，在橡皮泥上轻轻一按，一瓣花开了。再轻轻一按，一朵花开了。

我挑起一枝，紫色，典雅大方。想买。他说，这个不卖，人家预定好了的，你要买，我再给你捏。我惊讶了，我说，你可以重捏一个给预定的人啊。他却坚持不卖，说他答应过给人家留着的，就一定得留着。一会儿之后，他给我捏出另一朵来，洒上荧光粉。他关照，你回去对着灯光照上十来分钟，它会发光的。

从武汉回来，我别的东西没带，只带了那枝花回来。看见它，我总要想一想花后的那个人，生活对他或许有诸多不公，他却能够做到心境澄清，不急不躁，让花常开不败。

还是这样的偶遇，在云南。夜晚的广场上，一群人围着篝火在跳舞。不断有人加入进去，天南地北，并不熟识。不关紧的，笑容是一样的，快乐是一样的，心灵因一团篝火，在瞬间洞开。我站在圈外看，有人跟我招手，来呀，一起来跳啊。我笑着摇摇头。手突然被一陌生女子牵了，她不由分说把我牵进欢乐的人群中。灯光暗影里，她脸上的笑容明明灭灭，如星星闪烁。她说，跳吧，一起跳吧，很好玩的呀。她很快踩上音乐的节奏，身体像条灵活的鱼，看得我眼热，跟着她后面跳起来。那是我平生第一次跳舞，完全的不着章法，欢乐却像燃着的篝火，把人整个地点燃。曲终，转身寻她，不见。满场的欢声笑语，经久不散。

人生还有多少这样的偶遇？在时间无垠的荒野里，我们都是跋涉的旅人，却因这偶然的相遇和眷顾，布下温暖的种子。日后，于某一时刻，不经意地想起，那些温暖的种子，早已在记忆深处，生根发芽，抽枝长叶，人生因此变得丰盈。

她不是一棵树

我是在丽江古城看到那个女人的，靛蓝的大褂，靛青的裤，腰系百褶围腰，典型的纳西族装扮。女人很老了，皮肤松弛，多皱褶。她盘腿坐在一方檐下，守着一堆绣花鞋垫，对着熙来攘往的人，风吹不动。像丽江河畔的一方石，抑或檐上的一块砖，身边的一个热闹世界，都与她无关的。她的身上，充满无法言说的古朴和沧桑。

我承认，这样的沧桑，深深打动了我。我身边的游人，亦有停下来看她的，他们在她的鞋垫面前弯下腰去，看看，并不买。抬首就是一爿店，更精美的东西，里面多的是。

我举起手里的相机。飞起的檐，赭色的木门，檐下的红灯笼，还有这个老妇人，这实在是个很不错的画面。我甚至想过，如果拍摄效果好，我要把它放进我的游记里当插图。就在这时，突然从人群里冲出一个小孩儿来，小孩儿七八岁，黑且瘦。他斜背着一个网兜兜，里面横七竖八躺着一些空饮料瓶。小孩儿几步就冲到檐下的老妇人跟前，伸出胳膊挡在前面，眼睛亮亮地对着我，口齿伶俐地说，不许拍！

我吃了一惊，没明白过来。我说怎么了？手里依然举着相机。

小孩儿一看，急了，直视着我，再次强调，不许拍！她不是一棵树！

我愣住了。这是我万万没想到的。是啊，她不是一棵树呢，我怎可以随便拍？我放下举起相机的手，对小孩儿抱歉地笑了笑。小孩儿松了一口气，却仍盯着我，仿佛怕我偷拍。

我看他实在可爱，开玩笑地问他，那么，我可以拍你吗？

他眼睛滴溜溜地转了转，回答得倒爽快，可以。不过，他伸手一指老妇人脚边的五颜六色，坏坏地笑，你得先买一双老奶奶的鞋垫。

我问，为什么呢？

他答，因为你刚才侵犯了她，算是向她道歉。

我笑，照他说的做了。他很高兴，挺配合地让我给他拍了一张照片。我故意问他，你也不是一棵树呀，为什么让我拍？

因为你问过我可不可以呀，小家伙响亮地答。而后跑进人群里，像条小泥鳅似的，转瞬不见了踪影。

我愣在那里，为一颗小小的心里，住着的尊严。

这以后，我又去过很多地方，但不管到了哪里，我都不会再轻易把别人捉进我的镜头。因为，她不是一棵树，我没有权利侵犯她。

不要碰疼她

跟一家电视台，去做一档节目，是一家单位资助一小女孩的事。

那家单位是在一次下乡途中，偶然听说小女孩的故事的。小女孩三岁那年，在江上跑运输的父母，不幸双双遇难，尸首都不曾找到。从此，她跟着年迈的爷爷一起过。故事很悲惨，那家单位萌发了资助小女孩生活的念头。于是发动员工捐了款，送她上学，还不时把她接到单位，让单位员工轮流带回家住。

这事，渐渐被传播开来，散发出温暖动人的色彩。关注的人，越来越多，小女孩成了媒体的焦点。

她显然很不适应这样的阵势，面对着摄像镜头，她低了头，一句话也不肯说。她年迈的爷爷，不住地推搡着她："丫头，叫人呀，叫叔叔，叫阿姨，感谢叔叔阿姨对你的关心。"她仍是一声不吭，只偶尔，抬眼扫一下面前的人，那眼神里，有惊慌，有茫然。

按节目安排，有一场景，应是小女孩面对父母的遗像，做出悲伤的表情。小女孩父母的遗像被取出来，玻璃镜框里，两张年轻的脸，跟绽放着的百合花似的，让人动容。

小女孩却不配合，她看着父母的遗像，没有一点悲伤的意思。甚至，带了漠然。有人轻声地诱导她："琴琴，你想一想啊，别的小朋友都有爸爸妈妈，而你没有，你不难过吗？你不想他们吗？"

小女孩还是很漠然。

"这孩子，是不是智商有问题？"有人私下里嘀咕。节目一直拍不到理想的效果，任你怎么启发，小姑娘的眼睛里，就是没有悲伤。

大家把目光转向我，因为我跟孩子最容易亲近，他们想让我再去启发启发她。当时正是阳春三月，春在溪头荠菜花。我跟小女孩提出，一起去地里挑荠菜。小女孩高兴地答应了。

提着篮子，我们走向田野。小女孩像换了个人似的，在我前面快乐地蹦跳着，不时指着路边的草告诉我，这叫什么草，那叫什么花。那片天地，是她和它们的。我饶有兴趣地跟着她奔跑。

很快，我跟小女孩混熟了，我没忘记我的"使命"，把话题牵到大家关心的事上来，我问她："你想爸爸妈妈吗？"

"为什么老要我想爸爸妈妈呢？"茫然的神情，又爬上小女孩的脸。

"不想。"她很干脆地答。

她这一问一答，让我愣住了。是啊，我们为什么偏要让她想她的爸爸妈妈呢？她对他们，已完全没有了记忆，她有她新的生活，这应该是件幸事。我们想唤起的，到底是什么呢？不过是用他人的悲伤，来满足我们虚假的同情罢了。

四野一片祥和，花们安静地开着，草们安静地绿着。我想，小女孩也是这样的一株植物吧，风或许会吹折她的叶，雨或许会打折她的茎，但生命的顽强，会让她的伤口自动愈合。当春风又吹起的时候，她自会绿起来，她只记得当下的快乐，有什么不好？

我们的篮子，装满了荠菜。回去的路上，小女孩告诉我："秋天的时候，我们这里还有枸杞摘的，红红的果子，可好看啦。"

我望着小女孩，心里涨满感动。那档节目终因我的坚持，被取消了。我只希望着，小女孩能安静地生活在她的世界里，大家不要再去碰疼她。

跟着一只蝴蝶走

在西双版纳，我邂逅到一个蝴蝶园。

园子里植满扶桑、马利筋、如意草和玫瑰，成千上万只蝴蝶，在花叶间嬉戏流连。阳光迷离，花斑斓，蝴蝶也斑斓，让人一时间分不清哪是花，哪是蝴蝶，满眼都是绚丽。

也许，蝴蝶和花朵本就是同宗同族，蝴蝶是活泼的会飞的花朵，花朵是安详的恬静的蝴蝶。

我跟着一只蝴蝶走，那是只带着白色斑点的凤蝶。它披着一件镂空的黑色斗篷，一会儿飞到一朵扶桑上，一会儿又飞到一朵玫瑰上，它在那些花朵间只做短暂逗留，又迅速飞起。似乎它的使命，就是飞翔。它看上去，很像古欧洲战场上的一名骑士，佩剑上马，呼啸于风中，生命的旗帜，猎猎飞扬。

我跟着一只蝴蝶走，那是只福翠凤蝶。它的身上，印着些漂亮的绿色斑点，斑点大小不一，活泼可爱。它飞起，落下，落在一簇马利筋上，就不肯挪窝了。那簇马利筋上，已栖息着三四只蝴蝶。它跟它们，很快扎成堆。想来，它是个热情率真的好姑娘，爱热闹，不喜冷清，喜欢结交朋友，落落大方，愿意把快乐与旁人分享。

我跟着一只蝴蝶走，那是只金斑蝶。它贵气十足，黄袍加身，袍边上，还绣着精致的花边，一动一静里，都是光芒。它不紧不慢飞着，这里看看，那里瞅瞅，似乎是在巡视它的王国。最后，它在一朵如意草的花蕾旁停下来，双翅轻敛，用唇轻轻碰碰那朵花蕾，如长者，对幼童，满满的，都是慈爱。人称它，君主斑蝶。果真很形象，它有王者之风。

我跟着一只蝴蝶走，那是只玉斑凤蝶。它有着黑色的肌肤，上面均匀分布着一些银灰色的纹路，像镶着玉带一条条。它在半空中飞着，舞姿优雅，俊美得像一个小王子。很快，它遇见了另一只玉斑凤蝶，那只凤蝶，除了有着黑色的肌肤和银灰色的玉带外，身上还点缀着几朵红斑点，它该是个可爱的公主。王子与公主一见钟情，它们的相知相爱，几乎在一瞬间完成。花丛中，留下它们相偎的情影一对。

一只枯叶蝶，真的很像一枚枯去的树叶。它是不是曾遭遇过什么伤害，才把自己的色彩掩藏？然因美好的召唤，它还是选择飞翔。它碰碰这朵花，摸摸那片叶子，最后，小心翼翼地降落在一片如意草的叶子上。它整个的身子，慢慢倾伏过去，浅尝着这片叶子上浸染的花香。它懂，美好的事物要小心轻放。

我的眼前，又飞过蓝闪蝶，飞过金斑蝶，飞过大紫霞蝶，飞过小灰蝶，飞过丽蛱蝶……蝴蝶的种类，远比人类的种族要多得多，全世界大约有一万四千多种。我暗暗想，这些蝴蝶若相遇，它们有没有国籍概念有没有语言障碍？一朵玫瑰花上，两只金斑蝶和一只灰蝶、一只凤蝶相遇了，它们很快热烈交谈起来。它们爱着同样的花朵，守着同样的秘密，有着同样的飞翔的姿势。对生活的热爱，应该是它们共同的语言和灵魂的密码，只消一个眼神，便能成为相知，又哪里会有疏离和隔膜？

园子的管理员说，这些蝴蝶的寿命都很短，有的寿命只有短短七天。我吃一惊，再看飞舞着的蝴蝶，心里就多了说不清的感喟和敬畏。

美丽的南国树

在广东,见得最多的树,是榕树。

那年夏天,初次踏上广东的土地,最先撞入眼帘的就是榕树。当时我尚不认识它,只觉得它跟我们北方的树不一样,它太丰腴了!树冠张开,是那么参天蔽日的一蓬蓬,绿色的蘑菇云似的,极具气概。更奇的是,从密集的绿的叶间,竟垂下千百条褐色的根须,像伸长的手臂,随了风轻摆。正暗自惊异着,陪同我的广东朋友在一旁笑了,遥指那树,说,这就是榕树呀。语气里颇是骄傲,就像展示自家的祖传宝贝似的。

接下来的日子里,我就天天跟榕树相见。近距离里,远距离里,一抬眼,就是它。街旁、江畔、路侧、山上……到处都是,仿佛没有榕树就没有广东了。我从最初惊喜地跑过去抚摸、仰视、啧了嘴惊叹,到后来,也看之坦然了。那是广东最为本色的东西,是嵌入广东那块土地脉搏里的,原是用不着惊奇的。

但,还是惊讶了。

那日,广东朋友神神秘秘告诉我,要带我去一个好地方,专门看榕树。他驱车几百里,把我带到一个叫石头村河坝寨的地方。天,那哪里是树,分明是一座绿色的山丘啊!只一棵,就浓荫蔽日,壮美得惊心动魄。巨大的主干,中有一洞,洞口像巨象。又生出九根枝干,最粗的枝干要四五个人合抱才行。最小的枝干，我和朋友两人合抱，也没抱得过来。仰头，头顶上是千万条的根须呀，马鬃一样的。用不了多久，它们又将扎入大地，生出新的枝干来。

当地人打着手势跟我们说话，笑眯眯的。我听不懂广东话，但从他们的神情上，可以看出飞扬来，是自豪了。朋友告诉我，他们说，这是他们的榕树王呢。无语，我默默看着那棵榕树，只觉得它浑身上下都住着神灵。心里涌动的，只有敬畏。

离开河坝寨时，我回头望去，整个寨子，掩映在一片绿色苍穹里，映着蓝天白云。让人心中，陡然而起一种世世代代的感觉。

后来到珠海去，在唐绍仪故居里，我又着着实实为榕树惊叹了一回。那是一棵硕大无朋的榕树，远看去，像一片小森林似的。当地的朋友考我，问我能不能看出那棵榕树的奇特之处。我绕树转了几圈，除了惊叹它的粗壮外，没看出什么异常。朋友就笑了，笑得很得意，他指着树干让我看，说，你看你看，事实上树干没这么粗呀，这里面是一座塔呀。我凑近了仔细看，果然的，有砖块隐约在里面。外围被盘根错节的根须缠绕着，缠了个结结实实。据说，原先那儿有一座小塔的，不知哪天，一只鸟儿衔来一粒榕树的种子，掉落在塔的石缝中。那粒种子便顽强地生长起来，慢慢成树，垂下的根须，沿着塔身扎入，最后，竟整个地把塔给抱在里面了。生命的奇迹，无处不在!

在珠海又一旅游景点，我看到一棵大榕树上系满红飘带，像盛装的新娘。朋友说，那是许愿树。我定定站着看，想人世的愿望，多若繁星，有多少靠祈祷就能实现的？还是向一棵树学习吧，凭借自己的努力，扎下根来，才有可能迎来人生的丰美。

回江苏前，我特地跑去跟榕树合了一张影。我希望自己的生命，也能像榕树一样，壮美、坚忍不拔。

近日翻书，在旧时的一篇文章里看到这样一句话："我看见一棵榕树，它美丽得好像开花的土地。"非常地喜欢。

会说话的藏刀

导游洛桑,是个迷人的康巴汉子,浓眉大眼,身材魁梧,说一口流利的普通话。他是我们游香格里拉的地陪。一上车,他就给我们来了一个九十度的大鞠躬,浑身是笑:"欢迎大家来我们香格里拉做客!你看,天多蓝,云多白!我爱我的家乡!扎西德勒!"

我们很快喜欢上这个年轻率真的康巴汉子。一路上,他一直滔滔不绝着,说当地的风土人情,讲茶马古道的故事,学藏獒叫,唱藏族小曲。他喉咙甫一展开,我们立即吓了一大跳,那声音简直是金属的,金光灿烂,亮闪闪一片。我们说,若是他去做歌星,保管走红,原生态嘛,现在都热衷这个。洛桑听了,很认真地回答:"不,我爱我的家乡,我就愿待在这儿,哪也不去。"

我们听不懂他唱的藏语,他就用汉语字正腔圆一句一句翻译,当翻译到一句"草原上的好姑娘卓玛"时,我们中有人笑:"洛桑呀,你有没有你的好姑娘?"

洛桑哈哈乐了,眼睛瞪大,一本正经答:"有啊,我的好姑娘,是世上最漂亮的姑娘。"他告诉我们,他的好姑娘,也是个导游。他们带不同的旅游团,在同一片天空下转着,却难得相见。洛桑说这些时,嘴边一直飞着笑,表情温暖柔和,让人感动。我们于是都在想象他的卓玛,梳很多小辫子垂挂着，穿镶花边系绣花腰带的藏袍，有漆黑得如深潭的眸子。问洛桑："是这样吗？"洛桑频频点头："是的是的。"

停车吃饭，一眨眼不见了洛桑。出门，却发现他正蹲在人家水池边，就着一块磨刀石，专注地磨着他佩的藏刀。问他："带藏刀干吗呢？"他解释："这是藏人服饰中的一块，藏人着装，是要佩了藏刀，才算着好装了。这是流传下来的习俗，藏人最初是用它来防身和切肉吃的。"我们要他示范一下他的刀快不快。洛桑就找了一根铁钉，削了下去。铁钉当即被削断。

即便是这样的锋利，洛桑一有空闲，还是取下他的藏刀磨。这让我们大大不解。洛桑轻轻插刀进鞘，说："我这刀是有灵气的，我把我手上的温度，磨进刀里去，它就会说话。"我们知道他是开玩笑，都跟着一乐。

车过一峡谷，洛桑看着窗外，突然变得很兴奋，洛桑问我们："可以停一下车吗？就五分钟。"我们都伸头往窗外看去，就看到与我们相向的一辆旅游车，停在路边，一些游客散落在路旁，正对着峡谷拍照。大家好像明白了什么，都一齐说："我们也下去拍照吧。"洛桑一弯腰，冲我们感激地说："谢谢大家了，扎西德勒！"

洛桑是第一个跳下车的，他刚跳下车，我们就见到一个藏族姑娘，从那边车旁奔过来，黑黑的脸庞，胖乎乎的身材，穿着红底子碎花的藏袍，没系绣花腰带。这应该是洛桑的卓玛了，很一般的样子。我们一行人，都有些失望。

接下来看到的，却让我们感动无言。洛桑和姑娘面对面站着，对着傻笑。后来，她取下她的藏刀，他取下他的藏刀，他们互相交换了藏刀，伸手按按对方的刀鞘，仿佛在看，那刀是不是在对方的刀鞘里安妥了。她理理他的衣领，他拍拍她的肩，然后回头，招呼各自的游客上车。

车上，洛桑说："那是我的姑娘。"我们点头："知道。"洛桑就笑了，问:"我的姑娘漂亮吧?"我们说:"是,漂亮极了。"洛桑听了,非常高兴。他告诉我们,两人长期在外带团,见面少,他们就想了这个法子,每次遇到,就交换一下藏刀,因为对方的温度,会留在刀上。

想来,她在一有空时,也一定取出藏刀,不停地磨啊磨。她把她的情和暖,也磨进刀里面。

尘世里的初相见

陌生的村庄，在屋门口坐着摘花生的老妇人，脚跟边蜷着一只小黑猫，屋顶上趴着开好的丝瓜花……这是一次旅途之中，无意中掠入我眼中的画面，没有什么特别的，但就是常常被我想起。那个村庄，那个老妇人，那猫那花，它们在我心里，投下异样的温暖。我确信，它们与我心底的某根脉络相通。

机场门口，一对年轻男女依依惜别，男人送女人登机。就要登机了，女人走向检票口，复又折回头，跑向男人，只是为了帮他理理乱了的衣领。这样的场景，我总在一些浅淡的午后想起，一个词，很湿润地跳出来，这个词，叫爱情。

送别的车站，一个母亲，反复叮嘱她人高马大的儿子："到了那儿，记得打个电话回家。天好的时候，记得晒被子。"儿子被她叮嘱得烦了，一边往车上跨，一边说："知道了知道了。"做母亲的仍不放心，伏到车窗外，继续叮嘱："到了那儿，记得打个电话回家啊。"母爱拳拳，怀揣着这样的母爱上路，人生还有什么坎不能逾越？

凤凰沱江边，夏初的黄昏，空气中，飘荡着丝丝甜润的水的气息。放学归来的孩子，书包挂在岸边的树上，脱下的衣服，胡乱扔在青石板上。一个一个，跳下水，扑通扑通，搅了一河两岸的宁静。我遥问："冷吗?"他们答:"不冷。"一个猛子下去,不一会儿,隔老远的水面上,冒出一个小脑袋来。岸边的游客,一个个笑看着他们。这旅途中偶然撞见的一景,谁能轻易遗忘?时光不管走多远,童年的影子,一直在,一直在的。它碰软了我们的心。

苗寨里,一场雨刚落过,弯弯曲曲一路延伸上去的青石板上,苔痕毕现,湿漉漉的打滑。瘦瘦的大黄狗,蹲在自家家门口。破损的院门,灰灰的屋顶,却从里面走出一个水灵灵的小女孩来。小女孩赤着脚,从青石板上一路奔下去,辫梢上两朵粉红的蝴蝶结,艳红了简陋的寨子。我唤她一声,小宝贝。她停下脚步,转身讶异地看着我,笑一笑,复又奔下去。我很惊奇地望着她的背影,这么滑的路,她怎么不会摔倒?那次旅途中的其他,我回来后大抵都遗忘了,唯独这个小女孩,不经意地就会出现在我的脑海中,日子里,氤氲着别样的感动。无论生活有多灰暗,总有明亮的东西在,人生不绝望。

这是尘世里的初相见,总会在我们的记忆里反复再现,没有理由地。使我们静静感念一些时光,静静地,不着一言。像老屋子里,落满尘的花瓶中,一枝芦苇沉默。阳光淡淡扫过,空气中,有微尘曼舞。这是宁静的好罢?这样的宁静,让人内心澄明。E.B.怀特说,生活的主题是,面对复杂,保持欢喜。红尘阡陌中,我们欠缺的,或许正是这样一颗欢喜的心。

草地上的月亮

夏天正热烈的时候,我去寻找荷花,意外撞见一块美丽的草地。草地傍河,旁有小土丘做假山。假山上丝竹环绕,绿草如茵,花开数朵,虫鸣其间,自得其乐。

我便常常在那里流连。有月的夜晚,在家里坐不住,我关上门,和那人一起,走上二三里的路,奔了那里去。盘腿坐在草地上,听风吹,听虫叫,听花开,听草与草的喁喁私语。夜的声音,丰富得令人惊奇。

月亮掉在河里。河水清幽幽的,河里的月亮,便显得格外俏皮。像喜欢探险的孩子,偏要往了那幽深的地方去,一步一探,一步一惊叫。这是月亮的乐。月亮为什么不乐呢?

一艘驳壳船停泊在不远处的水上。月色把它的坚硬,泡成柔软。它看上去,很像一蓬青绿的小岛,浮在水面上。我认识那船,外地人的,男人女人,还带着两个五六岁大的孩子。是两个男孩,看上去像双胞胎,一样黝黑的皮肤,一样圆溜溜的眼睛,壮壮实实的。他们在岸上捉蚱蜢,追蜻蜓,玩得不亦乐乎。有大船运来货物的时候,男人女人就忙开了,他们的驳壳船,承载着卸载货物的重任。那是晴白的天。

一些时候,河岸静着,男人女人闲着。船上的桅杆上,扯出一根绳索来，女人在晾衣裳。家常的衣裳，一件一件，大大小小，红红蓝蓝，有岁月静好的意思。男人呢？男人竟在船头钓起了鱼，天热，他打着赤膊，相当的悠闲自得。有天黄昏，我走过那里，竟意外发现他在船头拉二胡。女人进进出出，并不专心听。两个孩子在打闹着玩，也不专心听。男人不在意，他拉了自己听，拉得专注极了，呜呜哑哑，呜呜哑哑。那是他的乐。

我想起另一些场景。那个时候还小，邻家有老伯，相貌奇怪，嘴角歪着，脸上遍布疤痕。手脚亦是不灵便的，走路抑或递物，都哆哆嗦嗦着。听大人们说，他年轻时，遇一场大火，家人悉数被烧死，他死里逃生。村人同情他，给他重新搭了两间茅屋住，分配了两头牛，让他养着。日日见他，都是与牛同进同出的。

却喜欢歌唱。有人无人时，他高起兴来，都会扯开嗓子吼几句。唱的什么歌无人说得清，反正就那样唱着，头微微仰向天空，嘴巴大张着，一声接一声，乐着他自己的乐。每逢他唱歌，村里人都会笑着说，听，谢老大又在学牛哞哞叫了。谢老大是村人对他的称呼。可能他是谢家最大的孩子，——这是我的猜测了。我一直不知道他的名字。

他并不介意村人的取笑，照旧唱他的，头微微仰向天空，嘴巴半张着。他身旁的牛，温顺地低着头，吃着草。

也见他在夕阳下喝酒。做下酒菜的，有时是一碟萝卜，有时是一碟咸菜。他眯着眼睛，轻呷一口，并不急着把酒咽下去，而是含在嘴里，久久咂摸着，脸上浮现出满足的笑容。我远远站着看，以为那酒，定是世上最好的美味。某天趁他不注意，偷喝，麻辣出两眶泪。经年之后，我始才明白，他品尝的，原是心境。

月亮升得越来越高，升到草地的上空。夜露悄悄落，落在草叶上。这个时候的月亮，变得更调皮了，它钻进草叶上的每滴露珠里。于是，每滴露珠里，都晃着一个快乐的月亮。我坐在这些大大小小的月亮中间，跟虫子比赛吟唱，心境澄清，我也像一枚，快乐的月亮了。

快乐，是上帝赋予每个生命的。公平，无一遗漏，如阳光普照。无论贵贱，无论贫富。

那些花朵儿

那是一个公益活动。市政府倡导的，由残联牵头，对全市 0~8 岁的残疾儿童，进行抢救性康复治疗。一幢大楼里，便聚集了上百名这样的儿童，脑瘫的、肢残的、智力障碍的……看得人揪心。世界是美好的，而这些孩子，离美好，却是那么远那么远。

一

李浩，七岁。看上去不过十个月大小。他被年轻的母亲抱在怀里，等候在专家就诊的门外走廊上。我伸手摸摸他的头，他没有反应，仰躺着，眼睛一动不动对着一处看。年轻的母亲苦笑着告诉我，七年了，他不会吃，不会说话，不会坐，不会站。

我看一眼窗外，窗外的太阳，明晃晃的，一个世界，钻石一样的亮。

生他的时候，被挤压时间太长，出来就成这个样了。若早知，我就剖腹产，哪怕挨千刀万刀，我也愿意的，他的母亲悔。

现在，我不求其他，只求哪一天，他能开口叫我一声妈。有时睡着了，梦见他跑着跳着扑向我，我会笑醒了……

他的母亲轻轻说。有泪，从她的脸上，静静掉下来。

将来呢，将来是什么？不是山花遍野红艳艳，而是望不尽的天涯路。风来，她怕他着凉，伸手抻抻他的小衣裳。一件浅蓝格子的粉色衬衫，衣袖上有蕾丝花边，看得出，是她精心挑选的。如果他能跑能跳，定会被她打扮得像个小王子一样罢？

我会一辈子养着他，她说。脸上有坚毅，也有无奈。不管他如何，他都是她的心头肉，都是她最舍不下的牵挂。

二

一个孩子在人群里蹿着，活泼得很。他撞到我，像匹小马驹。他仰起小脑袋看看我，歪歪头，笑了，露出一口白玉一样的牙。我脱口说，这孩子好可爱。跟在他旁边的，是他的爷爷，黑瘦的一个老人。老人苦涩地笑，说，他呀，比猴子还机灵呢，可惜是个残疾。

哪里残？我只顾看那孩子一团灿烂的笑，根本没看出他哪里不对劲。做爷爷的捉住孩子，捋起孩子衣袖给我看，我吃惊地看到，孩子的两只手腕处，只长了两个肉球球。他是没有手的。

怎么会这样？我惊讶地问。

出娘胎就是，做爷爷的答。他娘丢下他，走了，做爷爷的神情凄清。

明知道现代医学再先进，也不会替他长出两只手来。但做爷爷的还是带了他，四处奔波着求医，心头燃着不灭的希望，虽渺茫，但因有希望在，活着也就有了奔头。孩子不明白这世上的痛，他依然在人群里蹿着，快乐着他的快乐。我只好这样安慰，你看你看，他比起那些脑瘫儿来说，真是幸运多了。我这一说，老人笑起来，笑得酸酸涩涩的。

三

八岁的莹莹，留给人的印象最为深刻。看到她的人，看了第一眼，总忍不住再补上第二眼。因为那孩子长得实在太漂亮，大眼睛，长睫毛，光滑如瓷器的皮肤。像个洋娃娃。

却天生软骨病。大大的头，安在瘦如柴秆的小身子上。曾被医生断言，活不过两周岁。即使侥幸活下来，也不会站立。现在，她不但活下来了，而且还会走路，虽然走得蹒跚。

父母却因她离婚。她起初是跟了母亲的，母亲改嫁后，很快生下一个健康的男孩，她成了累赘，被扔给外公。

倾家荡产也要给她看病啊，她好歹也是一条命呐。她的外公这样对我说，疼爱的眼光，一直落在她身上。

她有疼爱她的外公，她是幸运的。但是，将来呢？

一辈子太长，长得让人不敢去想。

四

六岁的强强，是个虎头虎脑的小男孩。

母亲怀他时，父亲就跟着别的女人跑了。母亲整日以泪洗面。生下他后，把他丢给他外婆，对他再不管不问。

他外婆也是恨了他父亲的，一看到他，气就不打一处来。他的成长里，很少有过温暖。

等到母亲从那场伤痛中走出来，这才惊呆地发现，她六岁的儿子，已被这个世界遗弃得太久太久了。他不会说话，对外界任何的刺激都没有反应，小小的心关闭着。那里，只是他一个人的世界。

我看见他时,他正蹲在墙角,对着一只蚂蚁看,任他母亲软言软语,他就是头也不抬。最后,是他母亲硬生生拉了他起来。他看看我,再看看他母亲,眼神里,没有任何内容。

他母亲当着人面,恸哭。她说,怎么办怎么办呢,他连妈妈都不曾叫过。

我不知道该怎么办。我只好拍拍她的手背,无力地安慰道,一切都会好起来的。

镇静如花

歹徒冲进教室的时候,老师正在给一群七岁的娃娃上课。孩子们张着柔嫩的小脸蛋,像朵朵盛开的葵花。窗外阳光明媚,世界安宁。

但歹徒出人意料地冲进来了,从身后抽出一把明晃晃的刀来,就近抓住一个小男孩,大吼道:"不许乱动!"讲台前的老师稍一愣怔,随即明白了,他们被歹徒当作人质劫持了。

教室里有了小小的惊慌,孩子们瑟瑟成一团。老师的脸上,却现出微笑来,那笑容,如春风拂柳,霎时抚平了孩子们的心。

老师的眼光,一一扫过孩子们可爱的小脸蛋,语气温柔道:"同学们不要怕,这是在拍《小鬼当家》呢。"

"哦,是拍戏呀。"孩子们顿时兴奋起来,原先的惊慌一扫而空。

老师转而轻声跟歹徒讲条件,可不可以用她替换下他手上的那个孩子?歹徒想了想,没同意。老师又提第二个条件,可不可以让其他的孩子出去?歹徒沉默良久,同意了。

于是,老师让孩子们排好队,手拉手地走出教室。整个过程中,没有任何的吵嚷,没有任何的混乱,孩子们很听话很安静地配合着,以为真的是在拍《小鬼当家》的戏。

争取到时间的老师报了警。警察迅速包围了学校,一切都在静悄悄中进行着。

两个小时后，歹徒被擒，被抓住当人质的孩子获救了，安然无恙。当那个孩子从歹徒手里被解救出来时，他是兴奋的、愉悦的，他一直以为是在拍戏。离开歹徒时，他还很天真地安慰着那个歹徒："叔叔，我不怕拍戏，你也不要怕。"

一场隐伏的悲剧，就这样被那个老师的镇静，消弭于无形之中。更为可贵的是，她用她的镇静，最大限度地保护了可爱的童心，她让他们，继续无忧地如花盛开。

窗外，春光依旧明媚，世界依旧安宁。

每个人的屋顶上，都罩着金光

他对他居住的小城，越来越厌倦了。生于斯，长于斯，小城的每一个角落，他都一清二楚着。有句话讲，熟悉的地方没有风景。他对此，深有同感。

每日里，他去上班，要穿过两条街道。街道两边的房子，灰蒙蒙的。不少的房，在他小时的记忆里就有，年复一年，无有改变。开面馆的女人，他几乎是把她望老的。小时，上学放学的路上，他都从她门前过。女人盘着一根油亮乌黑的辫子，门前一口大锅支着，锅上永远都是热气蒸腾的样子。女人站在锅旁下面条，顺手把一盆泔水，"啪"地泼到门前的梧桐树下。那个时候，女人还年轻着，不过三十四五岁，能一气追着她那两个调皮的孩子跑上两条街道。

二十多年过去了，女人还在下面条。只不过原先粗黑的辫子，已剪短，上面撒落霜花点点。女人的腰身变粗了，下颌松弛，行动有些迟缓。偶尔还见到她把一盆泔水，顺手"啪"地泼到门前的梧桐树下。那棵梧桐树，已长得相当粗壮高大，枝叶蓬勃，远望去，一幢房子似的。食客稀少，女人便常拢着手，站在门前发呆，望天，望地，望街道上走的人。她的两个孩子都出息了，在外地，要带她走。她怎么也不肯去，她说她喜欢这里，生活在这里才自在。

他实在想不明白这个女人，这小地方有什么可留恋的？他站在办公楼的窗口，眺望着远方。远方在他的眼里，像一颗巨大的水晶球，闪烁着诱人的光芒。他一定要逃离这里——他被这个念头折磨得骨头痛。

一天，他终于丢下一切，不顾母亲的苦苦哀求。他坐了长长的火车，一路北上，奔向他梦中无数次遥望过的、闪着金光的大都市。那里，聚集着一批和他一样怀着梦想的年轻人，他们住地下室，吃开水泡馒头当饭。他们收起年轻的锋芒，辗转于大都市的大街小巷，一脸谦卑地推销自己。送报纸送牛奶那样的活儿，他们也会争着干。

他也夹在其中，千辛万苦。后来，他争取到一份做文案的工作。他十分珍惜这份来之不易的工作，干得十分卖力，常常加班到深夜才回地下室。结果，他病倒了，在床上躺了两天，把工作躺丢了。他病好后走出地下室，站在太阳下发呆，原先的光环褪去，大都市竟也是这般让人不堪。对面开面馆的女人，走出门来，看他一眼，"啪"一下，把一盆泔水，泼到门前一棵树下。这似曾相识的场景，一下子撞痛了他。他的眼里，慢慢渗出泪。

他想起从前看过的一个故事，说的是一个年轻人，不满他生活的地方，日日站一条河边望对岸。隔着浩渺的河水，对岸的房屋，影影绰绰，上面都罩着金光。年轻人羡慕地想，生活在那里的人们，多么幸福！他一定要到对岸去。某天，年轻人真的出发了，向着对岸跋涉而去。一路的艰险自不必说，等他终于抵达对岸，曾在他眼中闪烁着金光的房屋，都不见了，那儿，不过是一个小渔村。家家房檐低矮，狗在村子里乱窜，老渔民在屋前补渔网。一切是安详的，又是世俗的。年轻人很失望，问老渔民，你们这里的金屋在哪里？老渔民伸手一指，说，我们这里没有金屋，金屋在河对岸呢。年轻人一回头，惊讶地发现，他来时的地方，金光闪闪。

原来，每个人的屋顶上，都罩着金光。他想，他该回家了。

第四辑
那些水样流过的句子

我一页一页地翻,那些我摘抄下的句子,水一样的,流过我的心,润泽了我所走过的人生。

《诗经》里的那些情事

单相思

关关雎鸠，在河之洲。窈窕淑女，君子好逑。

  这是我从小就会背的诗句，那时背得摇头晃脑，因它的朗朗上口。幼小的心，不懂，却觉得美。有大人开玩笑，这丫头聪明，都会背《诗经》了，做我家的媳妇儿好不好？仰头脆脆地应，好。哪里知道，自己所背诵的诗里面，是一段刻骨的相思呢。
  那应是一处天好地好人好的地方，雨水充足，物草丰美。天高云淡，雎鸠一唱一和地在河两岸叫着，叫得人的心，像吸足了水分的青草啊，轻轻一掐，就是满把的柔情。年轻男子，相遇到美丽的姑娘了。姑娘在干吗呢？姑娘正在河中央的陆地上采荇菜呢。隔着半条水域望过去，可以望见姑娘可爱的手臂，不停地左右舞动着，美丽的腰肢，也跟着扭动。年轻男子再也放不下这个姑娘了，"寤寐求之""寤寐思服"，白天夜里都在想着她啊。他辗转反侧地叹：悠哉悠哉。
  我每每读到这里，都要笑出泪来。我想象着那样的夜晚：天黑得很深很深，星星在天上眨眼睛，四周俱寂。远远的，雎鸠的鸣叫传过来，搅得男子的心，更是如擂小鼓。他睡不着，他辗转反侧地长吁短叹，悠哉悠哉。意思是，想啊想啊想啊……长夜难度。他一定想得形削骨瘦的。那个被他相思的少女，多么幸福！

他后来，有没有娶到她？那好像不重要了。重要的是，《关雎》中，他留给我们的相思形象，足足打动了人类几千年。

《泽陂》中的小青年就更有意思了。应该是初夏的天，新蒲长出嫩叶来，池塘里的荷也婷婷。小青年在池塘边偶然碰见一位姑娘，姑娘长得真是高大健美啊，"有美一人，硕大且卷"，小青年只一眼，就再难相忘。于是相思了，而且不是一般的相思，"寤寐无为，涕泗滂沱"。你看你看，他无论醒着还是睡着，眼前都是姑娘的影子啊，他不知怎么办才好，伤心得一把鼻涕一把眼泪的。

现代人却难以怀上这样的单相思了，爱上谁，电话邮件短消息，轮番轰炸。恋情来得迅速，去得也迅速。今日结束，明日又重新披挂上阵。那只叫相思的鸟儿，已找不到栖落的枝了。让人惆怅，让人倍加怀念，《诗经》中的那些傻男人们，他们纯洁如白月光的单相思，成了温润心灵的一块琥珀。

热　恋

"青青子衿，悠悠我心"，这是《子衿》中守在城门楼下的女子，对爱的表白。意思是，你青色的衣领子，都绵绵地牵系着我的心啊。原来，爱上一个人，连他穿的衣，连他佩的饰物，都要爱的。她约了相爱的男子，到城门楼下相会。是约在月上柳梢头么？天还未黑呢，她可能就梳洗打扮好了，早早来到约会的地方。男子哪里知道她这么早就来了呢，自然没来，她于是焦急徘徊地等，一边想念着，一边跺着脚埋怨着："纵我不往，子宁不嗣音？"纵使我不去找你，你也该主动点儿呀，哪怕捎个口信给我也好啊。热恋中的人儿，一分一秒的分离，也觉漫长。所以她挑兮达兮，一日不见，如三月兮。让我们也跟着她着急，替她伸长了脖子眺望，那个穿青衣的男子，来了没？

《褰裳》中的小女子，就爱得更为火辣了，如一锅四川麻辣汤，轻抿一口，那热辣，就直逼人的心窝窝。她把约会的地点，放在一条河边，她站在河这边等着，不知什么缘故，约会中的男子，迟迟没来。河水缓缓地流着，她一边眺望着河水，一边在心里发着狠：

子不我思，岂无他人？狂童之狂也且！

啊啊，本姑娘漂亮着呢，你不爱我想念我，难道就没有他人么？爱我的人排着队候着呢，你这个大傻瓜！每读至此，我都忍不住大笑，这实在是个泼辣有趣的姑娘，如一朵野玫瑰，一朝绽开，那芳香就不管不顾地倾溢出来。

《采葛》则把热恋中的这种等待推向极致，通篇全是一个人的自言自语，却千转万回，缠绵婉转。

彼采葛兮。一日不见，如三月兮！

她与他，因什么原因，而有了短暂别离？不得而知，只知道姑娘在等他，看到葛草要想到他，看到蒿草要想到他，看到艾草，还是要想到他，从一日不见如三月兮，到如三秋兮，再到如三岁兮，那分分秒秒的时间，多么让人难挨！心爱的人，你什么时候才能来？

热恋中的人，一个世界都可以不要的，眼里心里全是你，纵使你普通得如一株芨芨草，在他的眼里，你也是九天的仙女，是骑着白马而来的王子。

我们都曾做过这样的仙女,或这样的王子。它使我们在回味人生的时候,有别样的甜蜜和幸福。

等 爱

梅艳芳唱的《女人花》,我怕听。她唱得实在太哀婉悱恻,应了她的人生。像秋夜里的一滴露,"啪嗒"一声,滴落在心头,内心顿时一片荒凉。是啊,花开不多时,堪折直须折,女人如花花似梦。

几千年前,有个少女,在《诗经》里,也是这般唱着的。这个少女唱的不是花,她唱的是梅子:

摽有梅,其实七兮。求我庶士,迨其吉兮。

这个时候,她还青春年少,她提着筐子,徜徉在梅树旁,树上的梅子,已黄熟了,在纷纷落。地上三分,树上七分。少女望着梅树上的梅子,联想到她自己,青春也是那梅子啊,眨眼间,就熟了,就掉了,她却还没有意中人。她有些害羞地唱,喜欢我的小伙子啊,你快趁着青春好时光来找我呀。可是,爱她的人,却没有来。树上的梅子眼看着掉到只剩三分了,她焦急地唱:"求我庶士,迨其今兮。"也就是说,喜欢我的小伙子啊,你不要再等了,你今天就来吧。满树的梅子,终于落尽,她的青春也快要过去了,她还是没等来爱她的人。她无奈地唱:"求我庶士,迨其谓之。"她不再幻想谈一场缠缠绵绵的恋爱了,来不及了,来不及了,如果有小伙子现在喜欢她,就可以直接订下婚约把她娶回家的。

通篇《摽有梅》,不着悲凉,却字字凉透。等爱的心,看不见被谁伤了,却被伤得千疮百孔。

我认识一个好女子,三十多了还未嫁。当初也曾有男孩,死心塌地地爱过她，她没有接受，她想等等再说。这一等，就等到花瓣凋落。我对她说，找个好人嫁了吧。她一脸无奈地看着我，说，我也想啊，可是，到哪里去找呢？

替她感伤。好男人早在青春的路上，被人劫持了。尘世的缘分，原都是一场花开。花期过了，花事也就尽了。

盼　归

很早就知道"首如飞蓬"这个成语，但不知道，"首如飞蓬"竟是出自《诗经》中的。当有一天，我翻到诗经中《伯兮》这一篇，我的眼睛在"首如飞蓬"上停住了，我实在吃惊于"首如飞蓬"的背景，竟是一个女人盼夫归的。

自伯之东，首如飞蓬。岂无膏沐，谁适为容。

女人的丈夫，从军远征去了，女人想他，想得无心打扮，致使头发如一蓬乱草似的堆在头上。不是没有很好的润发油啊，只是我打扮了给谁看呢？长期的思念，使女人的心头结满了忧伤。这样深刻的想念，实在让人动容！

我想起一个妇人来。妇人的丈夫，早年去台湾，一直未归，留妇人孤身一人。妇人终年一件蓝布褂子，头发乱糟糟的，脸色灰暗，不言不语地走路，不言不语地干活。小孩们背后都叫她疯婆子。这样一个疯婆子，某一天，却眉清目爽起来，大红的线衣穿在身上，已灰白了的发，被抿得纹丝不乱，用一枚漂亮的发夹夹着。原来，她去台湾的丈夫回来了，她为他，梳妆打扮。大家叹，她原来也是这么好看的一个人啊。一周之后，她丈夫回台湾，在那里，他早已另娶了太太，儿孙满堂。妇人什么话也没说，折叠起大红的线衣，换上她的蓝布裰子，重又陷入一个人的"首如飞蓬"里。

这样的盼归，在另一篇《风雨》中，终于有了完满结局。"风雨凄凄，鸡鸣喈喈"，外面风大雨大，鸡们在不安地鸣叫，女人的丈夫，出门未归。他出外多久了？或许十天，或许半个月。女人不眠，为他提着一颗心，这么大的风，这么大的雨，亲爱的人啊，你是否被风吹着了，被雨淋着了？女人因此想得害了病。就在这时，奇迹出现了，女人的丈夫竟冒着风雨突然归来。那巨大的惊喜，哪里能形容呢？女人只呆呆地看着他，说一句："既见君子，云胡不夷！"哦，亲爱的，你回来了，我也就心安了。当确信眼前的这个人，真的就是她亲爱的丈夫啊，女人抚摸着丈夫的脸，终于喜极而泣："既见君子，云胡不喜！"纵使外面天崩地陷，又何妨呢？你回来了，一切便好了。

世间的恩爱，原都是这个样子的，几千年来，都是这个样子的，那就是，亲爱的，只要你平安着，我也就开心了。

樱花般的少年时光

白的世界，听不见任何声响，只有雪，在静静落。远处，近处，漫天漫地的白。黑衣女子仰躺在雪地里，一动不动，清秀的眉头上，落满白雪点点。一切如此安宁，安宁得让人心疼，这是日本电影《情书》的开头。镜头缓缓拉远，如一支画笔，轻轻描过一页空白的纸，纸上落下三点两点情绪，仿佛有，又仿佛无。

我不得不佩服那个叫岩井俊二的导演，他唯美的手法，唤起的美感，不仅是视觉上的，还有听觉上的、味觉上的。一切寂静得让人慌张，这个时候，你只能屏了呼吸，静静等待。一颗心，慢慢沉下来，仿佛嗅到雪的味道，凉凉的，有淡的忧伤。背景音乐也配得轻浅，催眠般的，把人引进一段情事里。

起初，我以为只是单纯的一段恋情，博子和那个叫藤井树的男人的。片子的开头，他就死了，死于山难。他留给博子的，是无穷无尽的追忆和想念。两年了，她不能忘了他，虽然身边有另一个对她一往情深的男人。

很偶然地，博子看见藤井树中学时代的毕业录，找到他留在名字后的地址，她把它抄到手腕上。明知道那个地方已经拆除，已修成公路，她仍给他写去一封信，信很短："亲爱的藤井树，你好吗？我很好的。——渡边博子"一字一字，都是从她胸腔里迸出的思念呵，那个时候，我是希望有奇迹发生的——他并没有死，当他收到她的信，他会不忍她的相思，而活蹦乱跳地出现在她面前，对她说，亲爱的，我是跟你开玩笑呢，我并没有死啊。这将是多么悲喜交加的事。

我是相信这样的爱情的，生死相隔，刻骨的相思，依然可以传递。然而，却有了意外，博子的信，寄到了另一个女子手中，一个和她年纪相仿，长相极其相像的女子手中。更为巧合的是，那个女子，竟也叫藤井树。女藤井树在最初的惊诧过后，还是给博子回了一封信，她写道："亲爱的渡边博子，我也很好，但是稍稍有点感冒。"女藤井树的回信，对博子来说，是怎样一种惊喜和鼓舞。她不可能不心存疑虑，那不是他亲手写的。可是，她情愿相信那是真的，相信那些信是他从天国寄来的。她立即回了信，并随信寄了感冒药。于是有了信来信往，日子寻常过着，却又变得那么不寻常，无论对博子来说，还是对女藤井树来说。雪却渐渐消融了，樱花也开始含苞，在又一封信中，博子告诉"藤井树"，她那边不久就会呈现春天的景象。

这样的梦做下去，总有醒的时候。爱博子的男人，最终揭开了这个谜。于是博子知道了另一个藤井树的存在，她与天国的对话就此结束。思念却没有停止，反而更强烈，她突然对藤井树的过去，产生浓烈兴趣，那个她深爱着的人，她想知道他过去的一切，他上学的地方，他打球的操场，他走过的路，他说过的话……是的，她要拥有他的过去。而知晓他过去的人，只有女藤井树，她是他的中学同学。

女藤井树的青涩年代，就这样，像风吹开一道口子，一点一点被打开。因为同名同姓的缘故，他们没少被同学捉弄，黑板上圈起的两个藤井树；有低年级孩子口中齐嚷的"藤井树爱藤井树"；他藏了她的英语试卷，偏让她等到夜阑人尽；他从后面骑车赶上她，给她套上纸帽捉弄她；风吹动洁白的窗帘，他执一本书，站在窗帘后，她一抬首，望见他的人，他的脸；他一本一本地借书，只为在借书卡上写上"藤井树"；她父亲去世，她在家陪伤心过度的母亲，他去敲她家的门，让她帮还借的图书馆的书，书名是《追忆似水年华》。并没有多话，他莫名其妙地来了，又莫名其妙地走了，她笑了。再去上学，却意外得知，他已转学……

回忆似花香，弥漫了女藤井树的青涩年华，她以为的不堪，原来那么柔软，那么美好，甚至有些幸福。这时，博子已隐隐感到，藤井树爱的那个女孩，不是她，而是另有其人。她跑到小樽去见女藤井树，最终却没有勇气相见。她坐在女藤井树家门口的雪地里，给女藤井树写下最后一封信。

藤井树的一群学妹，在图书馆里发现了一个秘密，是那本《追忆似水年华》的借书卡，反面居然画着女藤井树的画像。她们捧了书去找女藤井树，于是真相大白，男藤井树爱的，原来是女藤井树。

知道真相的博子，内心的震痛是难以言说的。千言万语化作雪地里一场哭喊，远处，就是男藤井树出事的山。太阳升起，一个崭新的日子又开始了，博子一步一步走向雪地深深处，对着大山泪流满面喊：你好吗？我很好的。你好吗？我很好的……而彼时彼刻，女藤井树正在与死神搏斗，她的感冒，已转化成肺炎。而她的父亲，就是因感冒转化肺炎，最终抢救无效死亡的。仿佛有心电感应，博子每喊一句，她就喃喃回应一句：我很好的。你好吗……

"你好吗？"整部片子，最动人的一句台词我以为就是这三个字了。无论对于博子来说，对于女藤井树来说，对于爷爷来说，对于母亲来说，对于秋叶来说，所有的情绪，都浓缩成这样一句话："你好吗？"是的，我想知道你好不好，你好了，我的心才安的。

整部片子，没有起伏跌宕的情节，它像一袭流水，缓缓向前流去，两岸青山绿树，水底卵石圆润。雪，窗帘，僵死的蜻蜓，樱花树……这一些没有对白的场景，唯美得如同露珠滚过人的心尖尖。真爱最终降落到它该降落的地方，博子和爱她的男人牵了手。女藤井树意外得到少年的恋情，那张背后画有她肖像的借书卡，她会珍藏一辈子罢？而她，亦会用一辈子来感激那场暗恋，而更珍惜身边的幸福。

似水流年，我们不再有遗憾，因为我们都曾年轻过，都曾深深地爱过，和被爱过。那个人，或许我们知道，或许我们不知道。然那样的恋情，它一定存在过，如樱花，纯洁在我们年少的天空下。

泛紫的细云，轻飘山顶

《枕草子》是一本散文随笔集。最初读它，我是冲着书名。书名有诗经之美。

事实上，枕草子只是一个普通的词组。"草子"，是指"卷子"或"册子"。也有人把它翻译成"草纸"。让它顿失诗意，沦落成庸常。

加一个"枕"字，大意是枕边书写的册子——这是说得通的。这本集子，更像本日记，是一个世人称她清少纳言的日本女人，伏枕丢下的零零碎碎。

我断断续续地看着，前后大约花去一个多月时间，终于看完了。

它的史料价值，远高于它的文学性。所记录之事，日常，琐碎，甚至有些凌乱，大多与宫廷生活有关。那段光阴，应是清少纳言最为光华璀璨的一章，也是她颇为自得的一章。如同烟花，燃得正好，蓬勃绚烂。其后，一切皆化为灰烬，连余温也没有了。据说晚年的清少纳言，无所依靠，托身为尼。

书里多的是闲情逸致的记载：吟诗作对，品茗饮酒，情人约会，折梅赏雪，车马骈阗，绫罗飘拂……无一不是尊贵的优雅的。

我对这部分，读得兴味索然。倒是她记录自然的那部分，有珍珠钻石藏在里面。日出。月升。雪落。花开。一切她都饶有兴趣地看着，欢喜着。她说，凡事物，不论草木鸟虫，且不管是辗转听闻，或偶有所感，皆不可漠不关心。

她关注着细微中的情趣情味,在《枕草子》的开篇她便写道:

春,曙为最。逐渐转白的山顶,开始稍露光明,泛紫的细云轻飘其上。

轻笔几点,如蜻蜓点水,却意蕴无穷,颇有意思。
她写月亮:

月亮,以晓月为妙。东山之边端,冒出细弯弯的,才教人感动呢。

此处着墨也不多,颇似自言自语,然一颗欢喜心跳跃而出。
她写雪:

自天而降者,以雪为最妙……
雪降在松皮葺顶上,十分赏心悦目,尤以似消未消之际,最称美妙。
降得不顶多的雪,沁入瓦缝中,有处纯白,有处乌黑,看来十分有趣。

亏她看得那么仔细啊,一千多年前日本的雪景,仿佛移到眼前。
她写山梅花:

贺茂祭的归途上,走过紫野附近的庶民平房,见矮墙之下,白色的小花纷纷开遍,着实耐人寻味,那情景,仿佛黄绿色的袍子上加添了一袭薄薄的白上衣似的,至于无花处,则好比是黄色的衣裳。

山梅若有知,当如遇知音吧。
然她又是个十分自恋,且自命清高的人。她在宫里任女官时,曾在皇后跟前说:"凡事,若不是受人第一恩宠疼爱,便没意思,反不如遭人嫌恶算了。教我屈居于第二、第三，那真是死也不甘心，必定要第一位才行。"

和她同时期的才女紫式部（《源氏物语》的作者），不惜笔墨，跟她叫板：

清少纳言这人端着好大的架子。她那样自以为是地书写汉字，其实，仔细看来，有很多地方倒未必都是妥善的。像她这种刻意想要凌越别人的，往往实际并不怎么好，到头来难免会落得可哀的下场；加以每好附庸风雅，故而即使索然无味的场合，也想勉强培养情绪，至于真有趣味之事，便一一不肯放过，那就自然不免出乎意料，或者流于浮疏了。像这般浮疏成性的人，其结果如何能有好的道理呢？

不知紫式部的这段话，清少纳言有没有看到。若看到，当暗喜，能被紫式部郑重其事地记录在案，并不掩嫉妒地对她表示了蔑视，说明她的分量何等之重。后来，她在一篇随笔的结尾，貌似不经意地写下这样的话：

我这儿说：有趣得很；可是别人却认为：毫无趣味；那才又有趣哩。

我以为，这是用来回应紫式部的。你蔑视我？好啊，我表示更大的蔑视。轻轻一笑，一句狠话也没有，就把你全比下去了。

她又是个敢于宣战的，对既定的命运，她不肯妥协：

我最看不起那些没什么志向指望，只一味老老实实待在家伺候丈夫，便自以为幸福的女人；其实，身家不错的千金小姐，应当出来见见世面，譬如说做一段时间的宫中内侍啦什么的，总要有机会跟人相处才好。

我在她的这番话旁画了个笑脸，我觉得她的可爱。千年之前，能掷地有声地说出这样一番话，她的骨头，该有多硬啊。

隔世茶

爱有来生吗?

爱有。

荒野之上,无边的草甸,一径绿着。阿九一袭红衣,坐在山崖上吹箫,箫声幽怨。在她,是怀了仇恨,有备而来。多年前,两家帮派结怨,阿明的哥哥为报父仇,率众劫杀了阿九全家。幼小的阿九和哥哥,侥幸逃了出来。仇恨的种子,从此在心里埋下,一日一日,长成大树。现在,她来,就是要引他们步入她哥哥设好的"陷阱"里。

不明真相的阿明,被阿九的箫声吸引,她杜鹃花一般的忧伤,击中他年轻的心扉。刹那间,他的心里,有千朵万朵杜鹃花开。他无可抑制地爱上。

为博阿九的欢心,阿明变着花样讨她的好。知她喜欢杜鹃花,他把她住的房里,处处插上杜鹃花。他拥抱着她,喃喃地倾诉着爱恋。他拉她一起跨上白马,把她紧紧环在怀中,驰骋在草甸上。蓝天之下,青山绿水,他们是多么般配的一对。风猎猎吹过,阿九的泪,终于滑下来。紧挨着如此炽烈的爱,她如何能够做到心如止水?却不能爱,不能的。她只能把一腔的爱恋,掩饰至无痕。唯一能做的,也就是静静地为他泡一杯温暖的茶。所有的情分,都在茶里。

阿明却不懂得。他竭尽全身心去爱，换来的，还是她的冷，冷得似一坨冰，任他再多的热情，也融化不了。至多她只是近于机械地，捧起他凉了的茶杯，说一句：茶凉了，我为你再续一杯吧。

他终于受不了了，跑进寺庙，削发为僧，想斩断情丝。然情丝如何能斩断？她结棚在侧，为他做饭，为他泡茶。他起初拒绝接受她送来的饭和茶，甚至摔了碗。她却固执地来，一天，一天。他的心，软了，他开始吃她做的饭，喝她泡的茶。

那真是一段美好的日子，时光淡淡的，穿窗入户。门前一棵银杏树上，落满阳光和微尘。两人也无多话，隔着一张桌子的距离，偶尔对视一眼，他在，她在，便是晴天暖日，便是天长地久。

然终究，是要结束的吧。阿九的哥哥，带了人杀上山来。银杏树下，阿九和阿明，在仇杀中都丧了命。阿九临死之前，跟阿明相约，来世，她一定会到这棵银杏树下来等他。她会说一句，茶凉了，我为你再续一杯吧。

阿明记住了。死去，魂却不肯远离。他一直守着这个院子，守在银杏树下，等她。风来了，风又走了。叶绿了，叶又黄了。一年，又一年。

五十年后，早已转世投胎成为幸福少妇的阿九，来到这个小院子。她哪里记得前世的事呢？她现在，也不叫阿九，她叫小玉。只是当她踩进这个小院子，第一眼看到这棵银杏树时，她几乎在一瞬间喜欢上，有似曾相识的感觉。

她在小院子里住下来。她读爱人的来信，给爱人回信。闲暇的时光里，她喜欢泡茶，静静地放在门前。茶袅袅地飘着热气，仿佛等着谁来。

阿明的鬼魂来了。他喝她泡好的茶，给她讲他前世的故事。她听得惊愕。茶凉，她起身给他续茶，不自觉地说一句，茶凉了，我为你再续一杯吧。阿明五十年的等待，终于完结了。爱一个人，就是希望她过上幸福的生活吧。现在，阿九幸福着，一杯隔世茶喝完，他也要走了，去重新投胎，转世来过。

这是俞飞鸿导演并主演的那部叫《爱有来生》的片子。整部片子，对白简短，情感却浓烈得化也化不开，汁汁液液都融在一杯隔世茶里，前世今生，只等着你来饮。

今生，谁是谁的隔世茶？人群里相遇，你不知道我，我不知道你。不过，不要紧的，我可以善待并祝福，每一个与我相遇到的人。

远古的邂逅

野有蔓草，零露漙兮。有美一人，清扬婉兮。邂逅相遇，适我愿兮。

这是《诗经》里的一场邂逅。

透过纸页，两千多年前的这个清晨，依然美人如玉，露珠晶莹。若低头轻嗅，似乎还能嗅到鲜嫩的青草的气息。少男少女的情思，是乍开的花朵，多么明艳。

邂逅的场景波光潋滟。是在天高地阔的野外，青青的野草，一直铺到天边去了。夜里刚刚下过一场露珠，在清晨的熹微里，一颗颗露珠，都跟钻石似的，晶莹地闪烁。一个女孩子突然出现了，她是出来采野菜的呢，还是出来摘野果子的呢？那都不重要了。重要的是，她来了，在这样一个美妙的清晨，如同得到上帝的安排。女孩子布衣荆钗，在露珠的映衬下，似一棵水灵灵的野草，眉目飞扬，清新脱俗。

这时候，远远过来了一个男孩子。他来做什么的呢？是外出打猎，还是仅仅路过？人生的相遇，有时就是这样的，不早不晚，不偏不倚，她就在这里，他也刚好来到这里。

他只照会了一眼，心里面就敲起了鼓。多美的一个女孩子啊，她的眼睛清澈得就像露珠儿！他在心里面叹息。是的是的，他一见钟情，几乎有些忘乎所以了，对着女孩子，脱口而出说出这样的傻话：真是感谢老天爷让我遇见了你，你是多么符合我的心意啊，跟我回家好吗？

后来，后来呢？我总忍不住做如是遐想：女孩子也喜欢上了男孩子，她答应了他的求婚。他们一起生儿育女，幸福了一辈子。

发生在唐朝的另一场邂逅，则有着另一番现世里活泼的模样：

君家何处住，妾住在横塘。停船暂借问，或恐是同乡。

是在那样一个青天朗日，辽阔的江面上，舟来帆往，真是热闹，却藏不住一个女儿家的思乡情。她因什么缘由，远离故土？不得而知。午后寂寥，她坐在舱内百无聊赖，独自沉思。家乡是越行越远了，漂泊的心里，正渴望着一点点奇遇呢，奇遇也就来了。耳边飘过熟悉的乡音，让她恍惚。初听，她以为听错了。屏住呼吸，再听，没错，隔壁船上有人，正说着一口她的家乡话。

她忙忙地叫船停下来，跳出舱门，张口就冲隔壁船上说话的人问，请问，你这是往哪儿去呀？被问的人很觉突然，惊诧地抬起头，一看是个小女子，旋即温和地笑了。女孩子始觉她的问话有些唐突，不好意思地抿抿嘴，一双眼睛活活泼泼地打量着对方，解释道，我家是横塘的。我之所以停下船来问你的话，是因为听到你的口音，和我的差不多，恐怕我们是老乡哩。

这个时候，我真的希望，这个姑娘逢着的老乡是个英俊郎。只听他彬彬有礼地答道：

家临九江水，来去九江侧。同是长干人，生小不相识。

哦哦，真是遗憾。打小就同在一个地方住，却一个向左，一个向右，从无交集。

好在上帝是仁慈的，给他们在日后安排了这样一场邂逅，照见现实里俗世的欢喜。倘若男未娶，女未嫁，这异乡的萍水相逢，或许真能成就一段美满姻缘呢。

红叶梦

一入深宫里，年年不见春。聊题一片叶，寄与有情人。

宫墙之内，叶落秋至。人生无数个秋，就这样，来了。那个久居深宫中的女子，心里怎能不生惆怅？她是哪年哪月被选进宫的？回首处，人世迢迢，烟水茫茫，依稀如梦。童年，故乡，亲人，或许也曾有过两小无猜青梅竹马。都远了，远得似一缕飘散的烟，任她再踮起脚尖遥望，也望不到一丝一缕。她眼光触摸到的，唯有那高高的宫墙。世界被生生隔断，她是被世界遗忘了的人。

宫中岁月长，日落寂寂，月出也寂寂，纵使生得花容月貌，又能如何？比不得枝上的一朵花，比不得树上的一枚叶，它们还偶有蝴蝶和虫子飞来光顾，而她，只能陪着自己的影子，一日复一日。好年华被磨蚀得如宫墙上的漆，一点一点剥落。

那个秋日，她又在深宫独自徘徊，心中是浓得无法化开的愁啊。一树一树的枫叶，黄了，红了。风吹，叶落，有的落在地上，有的落在宫墙边的河里。她痴呆呆地望着荡在水面上的叶子，被触动了什么。俯身，随手取一叶，在上面题了这四句诗，心里有幻想的花在开，深宫之外，定有个有情人在吧？他风姿华美，性格温和，他会收留她的寂寞和惆怅。

这样的幻想，有片刻的温暖。她放下那片红叶，放走了一颗心。红叶随着流水，荡着一个一个的小漩涡漂走了，漂远了。她站定，目送红叶远走，一直远到看不见了为止。那会儿，她多么羡慕那片红叶啊，可以随水自由地漂出宫外。宫外，天高地阔，有记忆里的木槿花，在哗啦哗啦开。

谁能想到，她放走的这片叶，还真的被有情人捡了。一个叫顾况的年轻人，那日，正在宫墙外的河边散步，他抬头看天，低头看水，突然发现水上漂来的一枚叶上，疑似有墨迹。他捡起一看，竟是一首诗。年轻的心，如何不激荡？他带回红叶，一夜辗转反侧，想的都是诗的主人，那个未曾谋面的深宫女子。次日，他难耐想念之情，也于一红叶上题诗，放入波中，让它随水入宫。那首诗是：

花落深宫莺亦悲，上阳宫女断肠时。
帝城不禁东流水，叶上题诗欲寄谁。

红叶不负顾况所望，真的随水流入宫中，流到写诗的宫女身边。这从天而降的奇遇，让这个深宫女子，浑身战栗不已，所有空守的寂寞，都算不得什么吧，人世间，还有这样的知音在。她激动得泪流满面，随即又赋诗一首：

一叶题诗出禁城，谁人酬和独含情。
自嗟不及波中叶，荡漾乘春取次行。

红叶载着她的深情和惆怅，出宫而去。只是这次，红叶是不是如愿飘到顾况的跟前，不得而知。故事至此，戛然而止。她出不来，他进不去。不过，对于这个宫女来说，能拥抱一段美好的回忆，已经很好很好了。红叶寄情，情不落空，心里到底还留存着，一点儿人世的温度和好，这是她这辈子最大的安慰吧。

后人多有杜撰，让写诗的宫女和拾诗的书生，在宫外意外相逢，喜结连理。事实上，这样的概率几乎无。红叶题诗，能漂出宫外，且墨迹仍在，已叫人惊奇了。偏有人碰巧捡起它，和了诗去，且让红叶载着他的同情和怜惜，回转了去，更叫人惊奇了。世上的愁苦，红叶载不起。这不过是宫女们在囚笼般的深宫里，做的一个长长的梦。作为宫女，寂寞一生埋骨深宫才是唯一的命运。不是她们不为，而是时代的手，太过强大，她们敌不过。

那些水样流过的句子

我突然翻到一本本子,做文学爱好者那会儿,我真的虔诚得可以,买了许多本子,有的用来摘抄诗歌,有的用来摘抄文章,有的用来摘抄句子。我翻到的,是摘抄句子的那一本。蓝色圆珠笔的字,写得很工整,很秀气,可见得当时的用功和喜爱。

我又开始发愣了。这是我常有的状态,用来对付我对付不了的突然。小时候写作文,喜欢故作深沉地写:"一晃眼,时间就过去了。"想想好笑,那时懂什么呢?即使偶尔的忧伤,也是快乐的忧伤。一颗心,像刚钻出土的芽,急急地盼着枝繁叶茂。邻家姐姐留长头发,穿红裙子,我很向往。我发着誓,我长大了也要留长头发,穿红裙子。那是我最初认定的美。现在回头看,一切都远得有些不真实了,烟波浩渺。

可是,这些句子还在,它们躺在我的笔记本上。我一页一页地翻,它们水一样的,流过我的心,润泽了我所走过的人生。曾经的曾经,我在有风的阳台上读它们。或在,灯笼型的台灯下,摘抄下它们。它们是悬于枝头的果,红的,青的,而我的心,则是盛装它们的篮子,有果实累累的喜悦。

"粉紫的,飘着香的泡桐花,粉紫的,飘着香的春天。"这是很简短的一个句子,我摘下它的那年多大?不过十八九岁罢。爱做梦,梦的色彩,都是无比绚丽的。喜欢发呆,喜欢在微雨的黄昏,看着窗外。如果有树,如果树上正好开着花，则会很应景的，我会背背晏殊的"无可奈何花落去"。那时，年轻的心，应该是一个花苞苞，稍稍的雨露，也会让它战栗不已。

再大一些，我开始喜欢忧伤的爱情了。"我的思念随着秋气的加深，和风一样，一天比一天疯狂。店铺里飘来歌声，街上的汽车人群轰鸣得叽叽喳喳，我的世界，却是空的。"摘下这样的句子时，我已恋爱了罢？常常会有一些莫名的痛，在我和他之间。把承诺看得比生命还要重。喜欢说"永远"这个词。有永远的热恋吗？当然没有。可那时是不管不顾的，一腔的爱，非要燃烧掉不可。

"我曾两次去过你的家，可惜你家一直锁着门。你家院墙的篱笆上开了一朵牵牛花，我把它摘走了。小时候总企盼能听到它呜哩呜啦的演奏，童年的希望，多么像天上的小星星。"青春的怅惘里，有了回忆。往昔不可留不可留啊。这样的句子，实在有些千转万回。它让人的心，沉醉其中，不知归路。

走进婚姻里，心才开始平和下来，知道日子要悠着过了。"幸福来时，不一定把步子踏得山响，她常常就混在下午三四点钟的阳光里，偷偷溜到你身旁。"我在柴米油盐里，渐渐成熟起来，变得宁静而安详。

"当城那边开始闪烁／万家灯火／我要辨出自家的那盏／然后下坡"这是什么？这应是一首诗里的句子，我为什么独独喜欢这几句呢？一定是因为里面有"自家的灯盏"这几个字。我是个，恋家的人，喜欢屋檐、窗子、灯光，那是爱的相守。

"孩子画的家都相似，三角做屋顶，方框做屋子，房子是那样的简单。可他一定不会忘了，在门前画上爸爸、妈妈和自己。什么是家？屋虽是破的，可只要一家人能在一起，那便是一处最完整而温情的地方。"这样一段句子，而今读来，我依然充满感动。自认自己不是个很贪的女人，要的，就是一个家，三个人。我们可以不富裕，但是，我们相守在一起，健康，平安，快乐。没有比这更好的了。

老鱼吹浪

读到姜夔的词"高柳垂阴,老鱼吹浪,留我花间住",我立即坐直了。有意思!

夏日里,湖边绿柳成荫。湖面上,荷叶亭亭如盖。词人乘坐的小舟,穿行于荷花丛中,天光旖旎,暗香浮动。蹲在花下面的老鱼,忘形得吹起泡泡来,泛起浪花一朵朵,似在挽留船上的词人,来啊,来陪老夫到花间喝一杯啊。

为什么不写小鱼吹浪呢?

——这是词人的聪明了。小鱼吹浪,那算不得新颖别趣。小鱼么,就像小孩子,活泼好动,它们泡在水里面,没事也爱吹着泡泡玩。唯这老鱼,年纪一把了,早就如老僧禅定,看透世上万千,心中少有涟漪的了。让它也忘形地吹起泡泡来,可见得,眼前的风光是何等绝美!根本无须再多赞叹,那夏日湖上之景,已活脱脱跳跃出来。又或是,这条老鱼,它本就初心不改。像个老顽童,一颗老了的心里,永远住着一个天真可爱的孩童。

有人把这里的老鱼,翻译成肥鱼或大鱼,真是糟蹋了一首好词呢。老就是老,是胡子一大把的老,是修炼成精的那种老,是老顽童的老。每根胡须里,都藏着一段往事和故事的。姜夔就是一条老鱼。

姜夔不单单写得一手好词,他在书法、音乐方面的造诣,也是一等一的。他曾卜居弁山苕溪的白石洞天，自号白石道人。这个时候，他怕已是条"老鱼"了，创作了他自己的自度曲、古曲及词乐曲调，现留存于世的有《白石道人歌曲》六卷。他是南宋唯一以词调曲谱传世的杰出音乐家。

这样一个多才多艺的人物，一生却颠沛流离，一度曾靠卖字和朋友接济为生。也曾相遇到一段爱情，与一弹琵琶的姑娘相识，彼此欣赏，心心相印。无奈他安置自身也难，又怎能拖累姑娘跟着他受苦？两人最终，怅怅分手。多年后，他行至金陵江上，姑娘踏梦而来，他伤怀不已，吟出一首《踏莎行》：

燕燕轻盈，莺莺娇软，分明又向华胥见。夜长争得薄情知？春初早被相思染。

别后书辞，别时针线，离魂暗逐郎行远。淮南皓月冷千山，冥冥归去无人管。

后人夸他的词如"野云孤飞，去留无意"，又或是"幽韵冷香"，"清虚骚雅"。我读出的却是江湖迢遥，冷暖自知。

他每每作词，喜欢写序一则。比起他的词来说，他的序，更胜一筹。若说他的词是一扇雕花窗，他的序，就是那窗前一树梅花，疏淡有致，清奇骨秀。他给《念奴娇·闹红一舸》作的序，值得一品再品：

余客武陵，湖北宪治在焉。古城野水，乔木参天。余与二三友日荡舟其间，薄荷花而饮，意象幽闲，不类人境。秋水且涸。荷叶出地寻丈，因列坐其下，上不见日，清风徐来，绿云自动。间于疏处窥见游人画船，亦一乐也。竭来吴兴，数得相羊荷花中。又夜泛西湖，光景奇绝。故以此句写之。

这等美景美情，怨不得老鱼都忍不住吹浪了啊。

平儿的爱情

一样的花容月貌，一样的环佩丁当，一样的青春妙龄，当刘姥姥第一次见到她，把她误当成主子，张口就要称姑奶奶。那周瑞家的忙说这是平姑娘。这才知道，她不过是个体面的丫头。

不曾听她提起过家乡父母。她是从小就被卖进王家的，还是王家的家生子？不得而知。总之，她在大观园里的身份是王熙凤的陪房丫头。王熙凤貌似施恩于她，把她给了贾琏做小。

能在狠辣的王熙凤身边，皮毛无损地活下来，实在是一件不太容易的事。和她一起陪嫁过来的丫头，其他三个死的死了，嫁的嫁了，只剩她，风光鲜妍地活着。偌大的贾府，上上下下竟没一个不说她好的。在贾母眼里她不是个狐媚魇道的。在贾宝玉眼里，她是个极清俊的上等女孩儿。在下人眼里，她是个正经人，从不会挑三窝四的。她清丽平和的外表下，掩藏着的，该是怎样一颗七巧玲珑心？

大观园里，一群小女儿裙袂飘过，香风阵阵。一到年龄，总有个去处，嫁人的嫁人，偷藏私情的偷藏私情。她却不行，虽也是裙衩显目的一个，却没有一个人敢动了她的心思，连那个在脂粉堆里滚着的贾宝玉也不敢。她是贾琏的小妾哪，她是王熙凤的贴身丫头啊，如何敢亲近？

她只能一个人兜着心思，谁也不说。翻遍洋洋洒洒一部《红楼梦》，我试图能从中找出有关平儿情感的一点点蛛丝马迹，但遗憾的是，没有。有的也只是不显山不露水的无奈。好似深山里的花开又花落，谁会注意到呢？

那一次，凤姐生日，因贾琏私会鲍二家的，凤姐泼了好大一场醋，平儿无端被责打。受了委屈的平儿，被李纨带去宝玉那里安抚。宝玉这才得以亲近，心中大喜，又是让她更衣，又是叫她梳头，十分的尽心。平儿素昔只听人说，这个宝玉专能和女孩子结交。如今见了，心中暗暗地掂掇："果然话不虚传，色色想的周到。"轻浅的一笔，有着说不出的忧伤。她几时被人如此怜惜照顾过？这短短的一瞬，恐怕是她生命里最大的体贴和温暖了。之前未曾享受过，之后也不会再有了。

红楼里的女儿家，生是为情而生，死是为情而死。独独这个平儿，却无情可倚可寄。一日一日也是穿花拂柳，年轻的爱情却被生生阉割了。那个花心的贾琏，就是她一生的男人啊，她是认定了的，却不敢去奢望厮守。

贾琏跟多姑娘儿鬼混，私藏了这个女人的发丝，被平儿发现了。平儿会意，不声不响藏于袖中，帮他在凤姐跟前打马虎眼，把这事给瞒得滴水不漏。这时的平儿，是藏了私心的罢，贾琏这个男人，也是她的男人她将来的依靠啊，她要讨好于他，让他记着她的好。所以，在两人异常默契地成功瞒过凤姐后，她拿着发丝对贾琏笑道："这是我一生的把柄了，好就好，不好就抖搂出这事来。"这是死灰里，燃着的一点希望罢！

后来发丝还是被贾琏抢去了，这事所激起的一点点涟漪，也就消散得无影无踪了。贾琏还是那个花心的，还是一点温存也给不了她的。

平儿最终的结局似乎不坏，王熙凤死了，她被贾琏扶了正，她终于苦尽甘来，修成正果了。但我却无法想象，她的一生，如何与这个花心的男人共度？

谁裁银笺彩缕

我喜欢把晴雯想得温暖些。

她出场时,是笑着跳着的,像一株野蔷薇,一抹幽香,醉在风里面。她笑着对宝玉道:"好啊,叫我研了墨,早起高兴,只写了三个字,扔下笔就走了,哄我等了这一天。快来给我写完了这些墨才算呢!"一派的娇俏动人!想来,平日里,她只跟些纸墨打交道,银笺彩缕,红袖添香——她原就不是个粗使丫头。

不去论她的身世,《红楼梦》里的丫头们,都各有各的辛酸。对晴雯来说,父母是消失掉的一缕紫烟,她亦不在意她的身世了。她的记忆里,只有大观园,只有怡红院,只有那一树的海棠花,年年岁岁,都是那般模样。她在被遗弃的同时,也得到了补偿,譬如美丽,譬如聪明灵巧,这是她命运的砝码。她凭此,在大观园里,跻身大丫头的行列,锦衣玉食,甚至养尊处优着。

对此,她是满足的。她本无过多希求,若有希求,也一定是希求永久,一生一世就伴着宝玉,就住在怡红院里。那是她认定的家园。怡红院的院门一关,那片天地就是她的。世事的险恶她不去想,她也没这个心计去想,她看到的只是眼前的快乐与安宁,如檐前照着那一片白日光,永远地照在那里。她在白日光下举着针线笑,给宝玉缝大红的裤子。

又或者,帮宝玉研墨铺笺。笺是她喜欢的那种冰鲛縠,柔软得跟她的肌肤似的。她在桌上，缓缓摊开它，而后高声笑着叫宝玉。也或者，是跳着去把宝玉拽过来，按着他坐下，把笔塞到他手里，让他写字。他们，哪里是主子和奴仆？更像是青梅竹马的两个。宝玉，是永远的宝玉，而她，是永远铺着冰鲛縠的那个丫头。她给他沏枫露茶，他给她画柳叶眉。一屋的温馨和暖，足够他们慢慢消化。

从没有过一层的暗示，暗示他们是彼此喜欢着的。宝玉喜欢对女孩子们发誓，对黛玉发过，对袭人发过，要为他们化成灰要为他们做和尚去，却从不曾对晴雯发过。黛玉和袭人，都清清楚楚着自己对宝玉的那份情，独独晴雯混沌着，她甚至有些无心无肺，整日里笑着，跳着，闹着，伶牙俐齿着。

只一次，在一场争吵中，偶露出半点爱意来。是在晴雯失手跌扇之后，宝玉出口一句："蠢材，蠢材！将来怎么样？明日你自己当家立事，难道也是这么顾前不顾后的？"这个宝玉也是昏了头的，这话岂能说得的？它打破了一种梦境啊。晴雯果然气得跟他大闹一场，最后大家哭闹成一团。宝玉哭说："叫我怎么样才好！这个心使碎了也没人知道。"原来，原来啊，离得近了，反而不知，他是她的命，她是他的命，他们是不可以分开的。

现实中的爱恋，原也是这等的扑朔迷离。两个日日相处着的人，兜兜转转，绕过许多的弯路，却不知，原来爱着的人，就在身边。

这样的爱，总要到死，方才明白过来。就像晴雯在临死之前，对宝玉说的那句："早知如此，我当日也另有个道理。"当日又如何？海棠花下，碧纱窗前，如花美眷，良辰美景，一定不把那大好时光都虚抛。

好在死前还见了一面，她用她的红绫袄，换下宝玉的袄儿。她和他的衣有了肌肤相亲，就当是她拥抱他罢。她枉担的虚名，终于落到实处。这是她最后的温暖。

对宝玉而言，从此却是时光难度。——谁裁银笺彩缕？隔世相望，她在她的天堂，他在他的人世间。

到底，晴雯还是幸运了，她成了宝玉永久的思念，永久的疼痛。

断翅的蝴蝶

她一心要来一场淋漓尽致的舞蹈的，让自己的风华，做一树繁花盛开。

她具备这样的品貌、才情与抱负，在红楼一帮姐妹里，就数她是个人精。她最初的出场，就让人过目难忘啊："削肩细腰，长挑身材，鸭蛋脸面，俊眼修眉，顾盼神飞，文采精华，见之忘俗。"这样一个可人儿，本就是惹人喜欢的。更兼她的才情、胆识和干练，更是让她光芒四射。她起头结诗社，把一帮人热热闹闹拢到一起，还给自己起一别致的雅号"蕉下客"，她想舞蹈的心，已一点一点生了翅了。及至后来，她代管荣府家事，大刀阔斧地兴利除弊，驳宝玉，驳凤姐，拿有头有脸的人"作法开端"，几件事一过手，荣府的管家娘子便感到"探春精细处不让凤姐"。惹得凤姐这样一个处处争强好胜之人，对她也投以欣赏的眼光，连连夸："好，好，好！好个三姑娘，我说她不错。"在众人眼里，她是一朵芳华正郁的玫瑰花，又红又香，无人不爱的，只是有些棘手儿。——她自有她的清高。

偏着她却摊上个做姨娘的生母，而那个姨娘，人品又是为众人所不齿的。所以从她出生起，便注定了要比别的姐妹多一重心思，多一份屈辱。那份屈辱，是生生长在心口上的一颗痣啊，让她欲罢不能。

隐痛是从小就埋伏下的，一触及，便是锥心的刺痛。她品貌超群又怎样？她有满腹才情又怎样？总也无法消除她庶出的身份——在这一点上，她有着深刻的自卑，再多的繁华与灿烂也掩盖不了。所以，她几不认亲生母亲，而亲近王夫人。在她的嫡亲舅舅赵国基死了，生母闹着要当时正管家的她多支点银子，她不肯，两人发生争执。她忍不住滚下泪来说："太太满心疼我，因姨娘每每生事，几次寒心。我但凡是个男人，可以出得去，我必早走了，立一番事业，那时我自有一番道理。"

悲剧正在这里，生了双翅的心，却囿于出生，囿于女儿身。若是她能够，她早就弃了这一切，化作一只蝴蝶飞走了。但是，她不能。天天也一样的锦衣玉食着，也一样的光华璀璨着，仿佛是个正正经经的主子呢，可是有谁知道，她心口上的暗伤，疼痛在骨头里？

大观园的一场大抄检中，她甩给王善保家的一巴掌，是她对命运不公所拍响的第一巴掌，也是唯一一次。她还能怎样？心儿明镜似的呀，在一个即将没落的大家族里，不能飞翔，那就把头低下来，低到尘埃里。所以，她认王夫人作生母，而远亲生母亲赵姨娘，她得到贾母的宠，王夫人的疼——原只不过，想以此来赢回做人的尊严。一枝杏花，总要有彩釉大瓷瓶配了才是。她是怜惜自己的。

但终究，还是成了别人手里的一粒棋子，她被贾政远嫁他乡。一说嫁与镇守海门等处总制周琼之子，一说嫁与南方一个海岛小国的王子，做了王妃——总之是外嫁了。一样的背井离乡，一样的路途遥遥。午夜梦回，多少的女儿事，都恍若隔世前生了。她心比天高，然，命比纸薄。纵使色彩再斑斓，亦不过是一只断翅的蝴蝶罢了。

琉璃世界的白雪红梅梦

山坡。雪。四面的粉妆银砌。有小女儿，身披凫靥，袅袅遥立。身后一瓶红梅，是胭脂浸染，听得见芳华，幽幽正吐……这是《红楼梦》里宝琴的雪下折梅。

至此时，红楼里的女儿们，悲剧已显现：死了秦可卿、金钏儿，黛玉葬花，凤姐泼醋……又来一个鸳鸯挥剪铰发——要知道，古时候女子的发，是视作生命的呀，不是绝望之极，断不会舍了性命来拼的。

一支狼毫在手，曹雪芹握不动了。那后面，还将流多少的女儿泪？他眼看着一个一个冰清玉洁的灵魂，从他笔下，杜鹃啼血般的，一路咯血而去。他的心，该痛裂成亿万片了。

怎么可以？他一定掷笔大恸。午后阳光惨淡。想必是冬天，红楼里愁云重锁，风雪欲来。曹雪芹倚窗而坐，再不忍下笔而写，眼睑渐渐合上，于困顿之中打了一个盹。一场白雪，悄然而至。和白雪一起飘来的，还有那个红梅一样的可人儿——薛宝琴，花吐胭脂，香欺兰蕙。

宝琴出现时的身份是薛宝钗的堂妹。这个身份很可疑，在前四十八回里，压根儿没提及一点点，到了四十九回里，却突然冒出来，鲜亮亮地突兀在众人跟前，如仙外来客。

大观园的一池水，陡地被宝琴搅活了。那个整日在裙钗环绕之中的宝玉，喜得一个劲傻叹："老天，老天，你有多少精华灵秀，生出这些人上之人来！"贾母则喜得把她看作比画上的人儿还要好，立逼着王夫人认她做女儿，又把她收了房内亲自去抚养。还动了把她许配给宝玉的心思——可见得是如何的看重与喜爱了。平时表现得最有雅量的宝钗，这时也醋醋地对她说："我就不信我那些儿不如你。"而心高气傲的黛玉，则把她引作知己，一个劲地追着叫妹妹。她几乎集所有红楼女儿的长处于一身——清纯，美丽，活泼，聪慧。

她不是养在深闺中的女儿，小小年纪，就跟着好乐的父亲，走遍四山五岳，天下十停，就走了有五六停了。所以她眼界开阔，才思敏捷，非一般女儿家可比。在"芦雪庵争联即景诗"中，宝琴所展露的才华，竟是不让黛玉、宝钗和湘云的。咏梅诗表现出的才情，则让宝玉深为惊奇。而一气作下的十首怀古绝句，更是让众人称奇道妙。

这样的宝琴，是雨后天空突现的一道彩虹啊，绚丽缤纷。但，稍纵即逝。她的出现，只为缓解雨的沉闷与压在人心上的潮湿——总得让人怀了一点快乐罢，且记取一些欢笑，好冲淡以后岁月将出现的更大的阴霾。所以，曹雪芹要捏造出一个宝琴来，包括那个因之而两笔带出的梅翰林之家，全属子虚乌有的。她只是他做的一个梦，一个琉璃世界的白雪红梅梦：雪地，红梅，吟诗，吃肉……"流水空山有落霞"的，那些个烦恼都暂且忘了吧，一大帮红楼女儿，尽情嬉戏玩耍，满眼的环佩珠钗，笑靥如花，是"太平盛世"的欢乐年华。

这是盛开在伤口上的一场烟花啊，是红楼将倒时，窗户里漏进的一点光亮，在心上停了停，暖了暖，而后消失。在五十二回后，宝琴再没出现过。

现实是惨痛的，唯其惨痛，更显得那梦的完美与弥足珍贵。所以，那幅白雪红梅图，竟成永恒。

人生，有时是需要做些梦的。那里的美好，可以暂缓人生的疼痛，好让我们有勇气再走一程。

云空未必空

妙玉的身份，在大观园里最为特殊。她本也生于仕宦之家，可从小多病，为求安康，入了空门。那个时候，她不过七八岁罢？还是个懵懂的孩子呢，自是不知遁入空门意味着什么。她或许还是蹦蹦跳跳蹦进寺庙里的，稚气的眼打量着庙里的佛像，只觉好玩。却不料，年复一年，只有青灯孤影，木鱼声声。

父母让她带发修行，是存了疼爱之心，并不舍得让她一辈子就守着青灯。那私下的念头里，一定有这样的打算，隔个三年五载的，就把她接出来，嫁个好人家。可惜，这样的算盘落了空，她的父母竟早早亡故了。

命运至此，也是无可奈何。这在妙玉，是可悲的。她出身不俗，又精通文墨，模样儿又极好，却只能委身于青灯黄卷之中。如此的红颜埋没，哪里就甘心了呢？故她在父母亡故后，依然带发修行，一方面想超越尘世，另一方面又与尘世藕断丝连着——总是怀了某种期盼的罢？

这种藕断丝连最终在大观园里生了根。因要看观音遗迹并贝叶遗文，她随师父来到长安都中。而贾府当时正浩浩荡荡营造大观园，迎元妃回家省亲。大观园里建有一座栊翠庵，得有像模像样的尼姑入住才行。于是妙玉就成了最佳人选，被请进大观园。

一落入那繁华之地，妙玉的衣襟上，就不可避免沾上烟尘。一道院墙，如何能阻隔了院外的花团锦簇声色犬马？中秋夜，贾府众人赏月，吹吹闹闹，不亦乐乎。妙玉经不起庙外笛声的诱惑，也走出庙门赏那清池皓月，一个人竟也待到四更天。明是赏月，实是眷恋红尘的繁华与热闹啊！最后到底拉了黛玉湘云去，展示了一下她的诗才，才算尽兴了。

十七八岁，正是少女怀春的年纪，妙玉亦不例外。她爱宝玉，但这种爱，注定只能是隐蔽的，不为人知的。她待宝玉，尽量做到不动声色，但意志有时却管不住她的心，时时暴露出她的真情。她庵中的红梅，别人去讨要未必能要到，只宝玉去，她才肯给。宝玉去她庵里喝茶，她那么个有洁癖的人，却把自己日常吃茶的那只绿玉斗，让给宝玉用。宝玉生日，她亲写一张粉笺子送来，上书"槛外人妙玉恭肃遥叩芳辰"。她是把宝玉当作自己人待的，这个秘密，也只有她一个人知。她和他，虽近在咫尺，却犹如远隔天涯，永远也不可能亲近。

十年的孤灯青影，诵经理佛，在妙玉身上，已深深烙上孤寂的影子。加上她自身的优越——出身的不凡、过人的才华、过人的品貌，那孤寂里，便添了傲气，她我行我素，任谁也不能让她低头。当刘姥姥不识好歹用她成窑的茶杯饮了茶，她索性连茶杯也不肯要了。当黛玉没尝出梅花雪水，问她一句："这也是旧年的雨水？"她冷笑回道："你这么个人，竟是大俗人，连水也尝不出来。"一点儿不留情面。这倒合了黛玉的脾气，黛玉懂她的刻薄，亦如懂自己，倒也没因此事跟她生分。

她跟邢岫烟是旧相识。那会儿，她在蟠香寺修炼，邢岫烟家境寒素，赁她庙里的房子。两人成了邻居，自然常走到一起。她教邢岫烟识字读书，半师半友，这一相处，就是十年。后在贾府，两个人天缘凑巧地相遇了。他乡遇故知，是人生幸事，然邢岫烟却道出一句："她也未必真心重我。"又说妙玉"放诞诡僻"。这些话倘若妙玉听到，不知会作何感想。她不容世俗近乎无情，世俗并也不能容她。

"纵有千年铁门槛，终须一个土馒头"，她自称"槛外人"，以为能超越红尘之外的,却偏偏也是个血肉之躯,也得食人间烟火。"欲洁何曾洁,云空未必空。可怜金玉质,终陷淖泥中。"妙玉最后的结局很悲惨,一说她被强盗奸污掳掠了,一说她最后沦落风尘,做了风尘女子。

王熙凤的寂寞

《红楼梦》里,最"闹"的人物要数王熙凤了。她在出身上,是"闹"着的,"龙王来请"的金陵世家,地位之显赫,一般人难望其项背;她的长相是"闹"着的,"一双丹凤三角眼,两弯柳叶吊梢眉,身量苗条,体格风骚,粉面含春威不露,丹唇未启笑先闻";她的行事做人是"闹"着的,林黛玉初见她,正待在贾母处小心翼翼地陪着话,"一语未完,只听后院中有笑语声"。这肆无忌惮的笑语声,狠狠刺激了林黛玉,她暗自思忖:"这些人个个皆敛声屏气,恭肃严整如此,这来者系谁,这样放诞无礼?"

这当然是王熙凤了。除了她,贾府里谁还能这么光芒万丈地活着?

她的打扮亦是"闹"的:"头上戴着金丝八宝攒珠髻,绾着朝阳五凤挂珠钗;项上戴着赤金盘螭璎珞圈;裙边系着豆绿宫绦双鱼比目玫瑰佩;身上穿着缕金百蝶穿花大红洋缎窄裉袄,外罩五彩刻丝石青银鼠褂;下着翡翠撒花洋绉裙。"整个人,就是一朵灼灼的牡丹花,气焰华美得近乎嚣张。

她在贾府的地位,更是"闹"着的。偌大个贾府,上上下下三四百口人,竟让年纪轻轻的她管着。她大权在握,一大家子的吃喝用度,兼"内政外交",全凭她调度,把里里外外打理得服服帖帖,"竟是个男人万不及一的"。

这样一个脂粉队里的英雄，春风何等得意？没有她不能摆平的事，凭什么事，她说要行就行，且从来不信什么阴司地狱报应的。表面上，流光溢彩，别人望得见的是她的泼辣她的无限风光。却不知，她外表有多"闹"，内心里就有多寂寞。

很想揣度一下，她初见贾琏时的情景。那个时候，她不过十六七岁吧？青春妙龄，心思单纯，满心满肺的，都是对新生活的憧憬。一顶花轿，把她悠悠载进了贾府。从此，她独自驶进了她的人生航道。这是一场赌博，结果的输赢，全不在她的掌控中。红盖头掀起的刹那，她满怀的花朵儿哗啦啦开了，她一定没有失望吧？贾琏生得一副好皮囊，英俊潇洒，风流倜傥，她没有理由不喜欢。她想要的，就是和这个男人共度一生，博个地久天长。

然而，她的愿望落空了。这个男人不是个专情的，到处拈花惹草，让她燃着的心，一寸寸黯淡成了灰。她防贼一样的防着他，把他管得密不透风。饶是如此，他还是三天两头闹点绯闻染点桃花，给她添堵。她不得不一次次像母老虎一样的跳起来，捍卫自己二奶奶的尊严，用外表的强悍，来掩饰内心的脆弱。结果，她没落得同情，反而落下了"母夜叉"的坏名声。她只能打碎了牙齿和血吞，所有的疼痛，独个儿兜着，没有地方可以诉说。貌似疼爱和倚重她的贾母和王夫人，最多也只是轻描淡写地安慰她几句。她们反倒会埋怨她，没有哪个男人不偷腥，完全用不着小题大做小肚鸡肠。宝玉、黛玉、宝钗等一干人等，是把她视为另类的，他们的风雅，她走不近一点点。公公婆婆是早就把她恨毒了的。身边唯一的心腹之人是平儿，在某种程度上，平儿也是她的情敌，是她要防着的。举目之处的繁华，埋藏着的，竟是那么深那么深的孤独和寂寞。她的心里，该生出多少的绝望来，只她自知。

也曾有过交好之人，那人是宁府的少奶奶秦可卿。秦可卿本是个弃婴，被某官宦人家抱养，生得袅娜纤巧，后嫁给宁国府的少爷贾蓉为妻。

宁国府是怎样一个地方？除了门口的两个石狮子是干净的，再找不到一处干净之物了。她一脚踏进来，也就踩进了一个大染缸，再怎么漂洗，也白不了了。

王熙凤和她，到底于何时结下深厚友谊的？不知。我想，两个相近的灵魂，彼此吸引，是迟早的事。她们两个太相似了，都是表面上风风光光，争强好胜，内里头却活得极其压抑。她们都遇上花心的男人，暗地里醋得要命，却不得不扮演大度，扮演贤妻。她们在人前喜笑颜开，夫妻和顺，风平浪静，背地里却离心离德，苦楚无处申诉。

她们走近，原是惺惺相惜，是寂寞与寂寞相互取暖。她们虽是叔侄辈分，却亲如闺蜜。秦可卿最终用一死来解脱这人世之苦，王熙凤在她死前去看她，屡次三番红了眼圈，说出这样一句话来："真是'天有不测风云，人有旦夕祸福'。这个年纪，倘或就因这个病上怎么样了，人还活着有什么趣儿！"明着是在感叹人生无常，实则是在为自己悲伤——她的寂寞，再也无处可放了。秦可卿走的那日深夜，一缕魂魄飘飘荡荡，来与她告别。她惊醒，知秦可卿去了，"吓了一身冷汗，出了一回神"。这出神的当儿，她的心，已经空了——除了悲哀，她竟什么也不曾握住。

赵姨娘的花样年华

《红楼梦》里，最讨人嫌的一个人物，莫过于赵姨娘了。她几乎集所有的坏于一身——猥琐、自私、刻薄，还有狠毒，连亲生女儿都不正眼瞅她。我最初读《红楼梦》时，着实被这个人物吓了一大跳，她怎么会嫁给贾政的？她居然还是探春的母亲！

一日，我重拾《红楼梦》，翻到赵姨娘与探春起冲突的那一章节，突然看得哽咽住了。其时，赵姨娘正一把鼻涕一把眼泪的，对着嫌弃她的女儿说："我这屋里熬油似的熬了这么大年纪，又有你和你兄弟，这会子连袭人都不如了，我还有什么脸？"

我掩卷默想，怔怔良久。眼前晃过一个满面泪痕的女人，无情的岁月，像刀子似的，剥去她娇美的容颜。她多像一扇历尽岁月的门，漆一块一块剥落，轻轻一推，就发出"吱哑"一声——那原都是疼痛的叫唤哪！这个满腹委屈的女人，一个"熬"字，道尽多少辛酸。不过一二十年的光阴，却像一锅煎着的油，心早已被煎得焦黄。

日子是怎样的难耐和不堪？锦色年华，一日一日被风吹雨打，终殆尽。满眼的珠光翠影，没有一样是自己的，连亲生女儿也不认她，只唤她作姨娘。心上的暗疮一日一日疯长成毒瘤，散发出腐朽颓败的气息。却换不来同情，有的只是遭人嫌，连家里买来唱戏的丫头们，也可以和她对打对骂。

一豆灯光，依稀遥见当年花样年华。那个时候，她不过十五六岁，出身卑微，是贾家的家生子，还是王夫人陪嫁来的，还是买来的，这个都没有什么区别了。她是贾府众奴仆里的一个，顶多是个体面的奴仆。不难想象，她的长相定也不错，探春的模样或许随了她：削肩细腰，长挑身材，鸭蛋脸面，俊眼修眉。这样的女孩子，怎么看都是讨喜的，在一群丫头里，灼灼其华。她或许不是聪明伶俐的那一个，但她应该有着她的乖巧，如晴雯一般的，在做女红上，胜别的丫头一筹。

都知道，贾母是个品位极高且相当挑剔的老太太，从她把晴雯拨给宝玉便可知。晴雯模样好、言谈爽利、针线出色，将来，只她可以给宝玉使唤的，这是贾母的深谋远虑。尤二姐进贾府，被凤姐带去见贾母，贾母戴上眼镜，仔细瞧尤二姐的肉皮儿，连手脚也没放过，细瞧一遍后，方才放出话来："更是个齐全的孩子……"如此看来，贾母对女孩子的外貌是极其看重的。也就不难揣想，当年的赵姨娘，是如何花朵般摇曳的。如若不是这样，纵使赵姨娘使了些手段，让贾政看上了，也未必能过贾母这一关。老太太是个偏心的，偏向二房这边。这个儿子是个正经人，从不胡来，又孝顺得很，很得她心。他纳小妾，贾母必会帮他把关审核，焉能草率从事？

花样年华里的赵姨娘，就这么芳香四溢起来。对镜贴花黄，她有过暗自的慨叹么？身世飘零，上帝总算没有辜负她一回，她左手青春，右手美貌，讨得贾母欢喜，讨得贾政欢喜，还要过了王夫人那一关。不容易哪！当然，贾母和王夫人，都是次要的。她生命里的贵人只有一个，那就是贾政，她掌控了他，也就掌控了全世界。她一定倾尽心力，顾盼生辉，风情万种。年轻的贾政，一头坠进去了。这无关风月无关爱情。他望得见的是她的如花容颜，她望得见的，是他的锦衣玉食万贯家财。

如此，也算是"郎情妾意"了。这应是赵姨娘一生中最好的时光，大红嫁衣穿身上，洞房花烛，缠绵光阴。小丫头暗自长舒一口气，以为从此一步登天，功德圆满。

现实却不是这样的，妾就是妾，根本算不上主子。年轻貌美只是一时，哪里守得住地久天长？于是她憋着一口气，生下一女一儿来。私下里她一定颇得安慰，有儿有女，终身有靠。谁知女儿探春，打小就跟了王夫人，只认王夫人作母亲，视她这个嫡母为路人都不如。儿子贾环，又是个不争气的，不求进步，软弱无能，处处遭人挤兑。虽也是贾政的亲骨肉，然与他二哥宝玉比起来，却是一个天上，一个地下。她委屈，她不甘，她憋屈，她愤怒。她频频地作妖作怪，只为出出心中一口恶气。最终她落得了什么呢？扭曲的心灵再无法舒展，只能躲在阴暗的角落里，任凭年华凋落，无声无息。

我想起一个故事来。故事里，花样年华的女孩子，跟一个有妇之夫相遇了，爱上了，一爱就是十年，把最好的青春都赔上了。然男人是不肯离婚的，最终抛弃了她。她一瞬间枯萎，由爱生恨，经过一番谋划，杀死了男人十二岁的儿子。随后，她经历逃亡、被捕，日子如噩梦般的。在生命的最后一刻，狱警问她还有什么愿望。她提出，想要一张她当年刚上大学时的照片。照片被人找了来，上面的女孩子，笑露出两颗小虎牙，天真烂漫，清纯似雪，全无半点阴毒。她手抚照片，两滴泪颤抖地落下来。芳华刹那，一地落红，再不能捡拾！这才是一个女人最为可悲可叹的。不管这个女人是不是赵姨娘。

第五辑
风居住的街道

谁的往昔里，没有一个风居住的街道？青春年少，花影飘摇。城南旧事，纷至沓来。

且吟春踪

一直很喜欢古筝，觉得这种乐器真是奇特，轻轻一拨，就有空山路远的感觉。更何况，它配了优美的音乐来弹呢？那简直，是在人的心上装了弦，每弹拨一下，心，就跟着婉转一回。完全的不由自主。

听《且吟春踪》时，我就是这样的不能自抑。这是初春，阳光晒得人想打瞌睡。街上有了卖花的人，是一种九叶菊，满天星一样的小花儿，缀满泥盆。下面的叶，都看不见了，只看到那锦帕一样的一团碎花。卖花人不叫卖，只管笑吟吟立在一盆一盆的花儿边，看南来北往的人，脸上有春光荡漾。

我笑看着这一切。远方的朋友突然打来电话，他说，春天呢。我笑回，是的，春天呢。他说，给你首有关春的乐曲听。于是，他发来这首《且吟春踪》。在我打开之前，他介绍，这是一首佛乐。

打开的手，就有些迟疑。因为佛乐在我的感觉里，不好听，是重重复复念着南无阿弥陀佛的，念得人的心，很苍老。朋友却强调，这首不一样，绝对不一样，它把古筝的清丽幽远和佛的禅意完美结合在一起了。我将信将疑地打开，立时就被吸引住了。空灵的音乐，加上古筝的绝响，恰似一股清泉，曲折而下，渐渐淹没了我的人，淹没了我的屋子。又似旷野里一捧夜色，把人温柔地沦陷，是地老天荒哪。有一刹那，我不能言语，世上怎会有如此美妙的音乐？它美得让人想落泪。

整首曲子，舒缓潺湲，纤尘不染。是在那高高的山上，流云和青山嬉戏，风吹来花的香。是在那古刹之中，檐角挂着小铃铛，一下一下地，发出清脆的丁零声。有鸟飞过屋顶，成双成对。落光叶的树上，开始长毛毛了，枝条舒展，柔软。远处人家，有鸡在草丛中觅食。蜜蜂该出来了吧？种子在地里欢唱。阳光，如佛光一样的，剔透耀眼。

乐曲不疾不徐，轻轻流淌。似清风，翻开一页一页的书，一页有流水丁冬，一页有窗前好春色。佛前的青莲，在轻弹慢拨之中开了花。那些长夜的祷求，为的什么呢？六根未净，苦海无边，但，终有一天，心，会净化得一尘不染。再厚的重帷，亦挡不住春光。

忽然想起有一年在无锡的锡山，在山上的凉亭里，看到有女子着古装，低眉敛目，在那儿续续弹。弹的就是古筝，叮叮咚咚。她的背后，一抹青山，静谧而安详，仿佛永生永世。那景，美得像梦，让人瞬即忘了，山脚下，原还有个尘世的。

亦想起，英国诗人兰德写的诗来："我和谁也不争，和谁争我都不屑；我爱大自然，其次就是艺术；我双手烤着生命之火取暖；火萎了，我也准备走了。"人世中的纷争，原是轻若烟尘的，能够永恒的，只有山川河流，日月星辉。

乐曲继续舒扬，阳光正好。空气中，满是春天的味道，清新、恬淡。心，在乐曲的潺湲里，慢慢靠近禅，无求无欲。屋后累积了一冬的冰，开始消融了，听见草长的声音。亦听见，绿们正整装待发，只待一夜春风起，便染他个江山绿透。

风居住的街道

《风居住的街道》是由日本的钢琴家矶村由纪子，和二胡演奏家坂下正夫共同演绎的一首曲子。整首曲子以钢琴作底子，二胡跳跃其上。它们似一对恋人，在音符之上，互诉衷肠。钢琴轻轻呢喃，如梦似幻；二胡热烈唱和，高山流水。二者完美地交融在一起，两两相望，地老天荒。

每隔一段日子不听，我会很想它，直至重新找了它来听，一颗心，才安定下来。这很像一个人嗜上某种美味，一些日子不吃，就想得心慌。我以为，美味慰藉味蕾，好的音乐，则慰藉灵魂。

第一次听它，是在办公室，一女孩的手机铃声设的它。那日，我在办公室里，正给桌上的一盆蟹爪兰浇水，女孩的手机突然响起来，这首曲子，一下子冒冒失失地撞进我的耳里来。我当即愣住，持水杯的手，停在半空中。我仿佛闻到老家的气息：村庄。田野。烟雨朦胧。小家屋檐下，雨滴在唱歌。滴答，滴答，滑落在搁在檐下的一只瓮上，滑落在长在檐下的一丛大丽花上。邻家少年撑伞而过，布衣青衫，笑容浅淡。五月的槐花，将空气染得蜜甜蜜甜的。

是暗暗喜欢着的。大人们之间开过这样的玩笑，让你家的梅丫头做我家的媳妇吧。母亲笑答一声，好啊。我在一边听着，信以为真。再遇到少年，眼神刚刚碰触到，我便羞涩地跑开了。风吹着少年的头发和衣衫，他的样子真好看。少年后来去了南方，我也离开家乡。经年后，再想起，少年的模样，已不记得了，然风吹过的年少时光，却成了岁月里，最柔软的温暖。

问那个女孩，这是首什么曲子？

女孩告诉我，它有个好听的名字，叫《风居住的街道》。女孩说，初听时，想哭。结果，真的痛哭了一场。

理解她。谁的往昔里，没有一个风居住的街道？她亦有。当年，她与他坐前后桌，在一个教室读书。窗外的桐花，一树一树地开。他在一张小纸条上写，喜欢我吗？我很喜欢你！她回他一个笑脸，算作默认。扭头望向窗外，风从街道那边吹过来，青春年少，花影飘摇。

我记住了乐曲名，回家开了电脑搜索。我下载了它，一遍一遍听。钢琴和二胡，交相辉映。风到底吹过谁的街道？城南旧事，纷至沓来。

我想起一个老先生。老先生八十岁了，在他生日那天，他执意要去一个小镇看看。孩提时，他曾从家里坐船，越过宽阔的水域，到达那个小镇去上学。六七十年过去了，他越来越想念当年的街道，路上铺着碎砖，银杏树东边一棵，西边一棵。他有个同学，绰号叫癞子，因为那个同学头上生很多癞疮。癞子跟他最要好，把母亲烙的玉米饼，偷拿出来，带给他吃。和他一起爬上银杏树，坐在树上，垂下双腿，在空中摇晃。

老先生如愿到达那个小镇。当年的小镇，已彻底变了模样。老先生寻不到他的学校，寻不到他的街道，寻不到他的银杏树。却一遍一遍告诉身边的人，这里，曾是一座山墙，我和癞子在上面画过画。这里，就是当年长银杏树的地方，我和癞子曾坐在上面学过鸟叫……往昔对他来说，隔得遥远，却从不曾走丢。

人的一生中，走不丢的，唯有青春年少。

云　踪

　　一直喜欢听陈悦演绎的音乐作品。近些年来，她越发历练成精了，只要是她演奏的曲子，我不用看说明介绍，一听，就知是她的。一管箫或笛子在手，世间的悲欢离合爱恨情仇，便都在她的音符里飞。青衫素花，道阻且长，上下求索，人世间种种的追寻、探问、相聚和别离，九曲回肠，直逼你心灵最隐蔽处。所以，听她的曲子，容易中毒，又极安魂。

　　比如，她的《云踪》。笛子演奏的，钢琴做了底子。

　　曲子一开首的一段钢琴铺垫，就不同寻常。如天光开启。如山泉溢出。如小鸟轻振羽翼。随后，陈悦的笛声响起，几乎没有丝毫犹豫的，一下子就是风起云涌，波涛澎湃。很突兀。我记得我初听到，是在回家的路上。那是一个冬日，天边的云霞们在道着晚安，暮色四起了。这首曲子，从路边的一家卖水果的小店里飘出。水果店胖胖的老板娘，裹在一圈橘色的暮色里。当陈悦抚笛而歌，再看那老板娘，与往日竟有着大大的不同，似乎举手投足间，都有着云的影子在飘荡。我当即怔在那里，有些发蒙，不知道哪里被狠狠撞了一下，有些莫名的感觉。觉得忧伤，又着疼痛的欢娱。

　　云有踪吗？当然有。世事万物，都各有其来处和去处，只不过我们身处其中，常觉茫然。——到底人过于渺小，这世界，太大了。

乐曲似一只大鸟在飞。它飞过连绵的山，飞过辽阔的草原，飞过茫茫的戈壁滩，前尘过往，皆无影踪，不可追了。它却执着地要寻，要问，生有何欢，死有何惧？四周寂寞，无有回应。只有天上的云，投射下照拂的一抹淡的影。

是宋代刘镇笔下的那个不知名姓的女子，独立于冷水桥畔，于疏风淡月中，倍尝相思。"白头空负雪边春，着意问春春不语"，——一年春色又起，她却相思白了头。情意虚掷，"流水行云无觅处"，怎不叫人伤感！自古多情总被无情误，情路之上，有多少人能善始善终？云聚云散，原都有定数。然却前赴后继，义无反顾。或许，这就是人世间的爱情吧。虽是粉身碎骨白头空负，但我愿意！

又似白发的老人，独坐太阳底下，不争不恼，不怒不悲，如老僧禅定。他脸上的皱纹里，息着阳光的碎影。一生奔波，浮浮沉沉，喜怒欢悲，都悉数收起了，他终能淡定地坐看云起时。岁月最终教会我们的，是自己跟自己握手言欢。

朋友小巫，年轻时因迷恋音乐，学业未满，就一个人跑去深圳，抱着一把破吉他，四处去兜售他的音乐。最徘徊无助的时候，他的口袋里只剩下几枚硬币，吃饭睡觉都成问题。他用最后一枚硬币，换了一个馒头吃。然后，跟着天上的一片云走，云走到哪里，他就走到哪里。最后，云把他带到一个建筑工地上，他在那里搬了两个月的砖，晒脱掉一层皮。他后来事业有成，回忆起这段经历，他说，真感谢那片云。有时命运如岩缝里的草，你没有退路，你必须挣脱出来，才能看到天光云影，迎来日朗风轻。

他的经历，让我渐渐养成了个习惯，喜欢不时抬头看天，看看天上的云，又走到哪里了。有一个夜晚，我又抬头看天，却没有看到一丝云。那些云，跑去哪里了？我犯了倔脾气，我非要等到它们出来不可，我就站着傻等。后来，月亮升起来，云突然全都跑出来，簇拥在月亮身旁，做了月亮的温床。

那一晚,我待在露天里,很久。直到月亮,被云朵抱回家去。这样的记忆,每次回味起来,都很有意思。他年若是有幸,我将择一乡间小屋而居,门前长花,屋顶上养云。

一叶知心

有一段日子了，我一直在听这首叫《一叶知心》的曲子。

早起听，仿佛一个春天，正踏步而来。春风一唤，枝头的叶子，就慢慢张开了耳朵，打开了心——那一枚枚柔嫩的绿啊，嫩得人的心发颤。

夜晚听，好似有一个秋天，正在睡去。风中飘落的叶子，唱着最后一支别离的歌。告别的背景，星空辽阔。人生多的是别离啊，这是自然法则，就像四季轮转，你且坦然地接受吧。

主打的乐器是箫和古琴。箫幽幽的，似一个姑娘的倾诉。满腹的心事，在乐曲声里潺湲，哀怨有，惆怅有，忐忑有，徘徊有。而古琴呢，恰似一个历经世事的长者，他笑微微地听着，不时点点头，"嗯"一声，并不打断。偶尔的，他抬起手轻轻拍拍姑娘的肩，一下，一下。姑娘所有的不安，立即消弭了不少。孤寂不怕，寒冷不怕，离别不怕，幸得有个春天在等，那些光秃秃的枝上，会重新升起叶子嫩绿的帆。

乐曲低吟浅唱，碧天素水，一片叶子缓缓舒展，从嫩绿，到翠绿，到青绿，到深绿，再到枯黄。叶子的一生，就像人的一生，有着生命丰富的旅程。有那么一个月夜，我曾被一片青春年少的叶子惊到。那是一片桂花树的叶子。桂花树长在路的一侧，跟一些木槿和蜡梅站在一起。我路过，远远就看到那片叶子，在幽暗的葱郁和茂密之上闪亮。真亮啊，像一枚银币。我好奇地走过去，发现那片叶子，像手掌一样的，摊开，接了满满的月光。那个寻常的夜晚，因那片心中盛着月光的叶子，而变得无比美好。

我也曾于一个春日午后，遇见一片在跳舞的叶子。它跳得兴高采烈的，旁若无人的。那会儿，风不动，云不走，就它独个儿在跳，手舞足蹈的。一片叶子也会遇到开心事的吧？我看着它跳，看着看着，就笑了起来。那种愉悦的心情，持续了整整一个下午。

夏天的傍晚，我喜欢沿着一条河慢跑。河边多杨树，我一边跑，一边听杨树叶子唱歌。有时是沙沙沙的，有时是哗啦啦的，像一波的浪，追逐着另一波的浪。那声音里有阳光，有雨露，有星辰，有鸟雀，我想着它们在为我歌唱，也在为这个世界歌唱，真是又愉快又感动。

翻开一本宋词选，一片叶子掉出来。那是我在庐山上捡的，是枚鹅掌楸叶。秋天我去庐山，山上最显目的，要数鹅掌楸了。它们披着一树一树的金黄，在云雾中隐约，每一片叶子上，都像住着一个金銮殿。我在那里住了几天，天天跑去看鹅掌楸。也总是大雾天，有时雾一天都散不去。那也挺好，我就在雾里乱转，撞到什么看什么，看溪水冲刷着石子。看晚开的杜鹃，粉艳的花朵，浮在云雾里。当然，更多的是看叶子，被云雾清洗得更加夺目。

有一次，我被一树金黄的鹅掌楸，牵引到一农家院子里，七十多岁的阿婆正在做小茶饼。她说她从小就在这座山上生活，从没出过山，孩子们在山下都有房子，多次想带她出山玩，她不肯去。我们庐山这么美，外头哪有这么美的地方，她说。我点头称是，吃着她做的小茶饼。雾一团一团的，水一样漫过来，又水一样漫走。我们一会儿隐在雾里头，一会儿又从雾中冒出来，真像置身在仙境。

这片被我带回的鹅掌楸叶，金黄的色泽，仍是黄得透透的。每每看到它，我都会想到庐山，想到那大团大团的雾，想到那个农家院子，还有溪水、杜鹃和小茶饼。而这片叶子记录下的，远不止这些吧，它上面住着一个庐山的。

红莓花儿开

对于国人来说，怕是少有人知道，红莓，究竟是一种什么植物。但对于苏联的《红莓花儿开》，却不陌生。这首诞生于 20 世纪 50 年代的歌曲，在中国，几乎达到家喻户晓的程度。

它原是苏联故事片《幸福的生活》的插曲。《幸福的生活》到底演绎了怎样的幸福，大抵没人去关心了。这首歌，却因其曲调优美旋律明朗，而被广为传唱，成为一代人记忆里的明媚。

我听这首歌的时候，已隔了几十年的光阴。是元旦文艺会演时，学校里那个不苟言笑的老夫子，突然走上台，拉起手风琴，深情款款地演唱了这首《红莓花儿开》。他的脸上，飞扬起快乐，眼眸底，有泪光莹莹。当时，满堂惊呆，谁也不曾想到，那样一个迂腐刻板的人，竟有这样的柔软情怀。

从此，开始留意这首歌。竟时常可以听到，在音像店，在商场，在公交车上。女声演唱版缠绵，男声演唱版醇厚。某一次，我还听到用俄语演唱的，虽听不懂，却觉得好听，是曲折通幽了，散发出浓郁的斯拉夫民族的浪漫色彩。

浪漫？是的，整首歌，曲调舒缓悠扬，如重峦叠嶂，起起伏伏。又似山花轻轻吐蕊，一点一点溢出芬芳。空气中，暗香浮动。年轻的姑娘。

可爱的少年。他们相遇了。不过一个眼神相撞，姑娘的心里，立即涟漪轻起。她爱上了。

河边的红莓花儿，一朵一朵开了。花儿映红了姑娘的心事，那些的日思夜想，欲说还休。"少女的思念天天在增长，我是一个姑娘怎么对他讲，没有勇气诉说尽在彷徨……"姑娘辗转反侧，徘徊又彷徨。

转眼，一个季节悄悄滑过，"河边红莓花儿已凋谢了"，而"少女的思念一点儿没减少"。怎么办怎么办呢？还是不能说不能说。姑娘轻咬着嘴唇，远远眺望着心爱的少年，心里的秘密他是否懂得？蓝天。白云。那些开了又谢的红莓花儿。

去问一个上了年纪的退休老教师，红莓，到底是种什么植物，它开的花，是红色的么？老人先是一愣，继而眼神迷离，那里面是他的世纪他的年华。那个年代，他因在课堂上教学生唱《红莓花儿开》，被扣上资产阶级知识分子的帽子，没少挨过批斗的苦。可他还是忍不住要唱"田野小河边，红莓花儿开"。有人时，他在心里哼；没人时，他在喉咙里哼。有了歌的陪伴，再枯燥再寒冷的日子，他也没感到孤独。我想，那一定是爱的力量了。是歌里面的爱，隽永的绵长的，给了他无尽的温暖和向往。

老人后来找出一张碟，放给我听这首《红莓花儿开》。老人说，红莓就是红莓。他旁若无人地轻轻跟着后面唱，脸上山高水长。

山楂树

买了一张俄罗斯老歌的碟，有事没事放着听。窗外的秋，深了。碧云天，黄叶地——这样的季节，适合想念一些人。俄罗斯老歌在我的小屋子里婉约，每一个音符，都散发出伏尔加酒迷人的气息，醇香，让人沉醉。

这其中，有一首名叫《山楂树》的歌，特别的婉转悠扬，柔柔的女声，伴着怀旧的手风琴，清泉般的流下来。点点滴滴，钻心入肺。"歌声轻轻荡漾在黄昏水面上，暮色中的工厂在远处闪着光；列车飞快奔驶，车窗的灯火辉煌，两个青年等我在山楂树下。"年轻的姑娘。执着爱着的两个小伙子。一树一树的山楂树开花了，层层叠叠，叠叠层层，如雪堆，如云浪。

这首歌，诞生于1953年的苏联，原名《乌拉尔的山楂树》。韵律起起伏伏间，流转着浓郁的乌拉尔风情——纯真、优美、浪漫。曾有不少人误以为它是俄罗斯民歌，其实不是，它是当时的诗人拉德金和作曲家皮里别科合作的。20世纪50年代，它随着大量的俄罗斯歌曲传入中国，立即被广为传唱。特别是当时的年轻人，更是为它倾倒和痴迷，隔着一个国界，情是相通的，爱是相通的。他们唱着它，火热的青春里，有着闪亮的幸福和甜蜜。纯洁，质朴，如一株株开满白花的山楂树。

我没赶上那个火热的年代，隔了半个多世纪的今天，我听它，也一样在里面醉：可爱的姑娘，同时被两个青年爱上，一个是旋工，一个是铁匠，一样的出色和优秀，让姑娘好是为难。她约他们在山楂树下见面，一路车奔，车窗外掠过一片片山楂树，白色的花朵，像下过一场雪。姑娘的心，真是矛盾啊，两个可爱的年轻人，都如山楂花一样美好啊，她到底选谁呢？难以取舍。姑娘忍不住低吟："哦，那茂密的山楂树，白花开满枝头。哦，你可爱的山楂树，为何要发愁？"歌声轻旋，如湖面的水，一波一波荡开。又如黄昏下的薄雾，轻轻抛下。白色的花朵，纯洁的情感。高山上，白云流水。

这大概就是俄罗斯老歌经久不衰的奥秘所在。

去一家酒店找人，正遇上一群老年人在聚会。或许是酒至酣处，他们竟旁若无人敲着碗筷唱起歌来，唱的都是苏联的老歌。当唱到《山楂树》时，每张沧桑的脸上，线条都变得柔和起来，灯光下，他们的眼里，有晶莹的东西在闪烁。

一位老人拉着我的手说，孩子，你不能明白我们那个年代。

那个年代是什么呢？人们百炼成钢，被一种激进的热情鼓舞着。爱也单纯，思也单纯，甚至连忧伤，也是单纯的。劳作间隙，思想的鸟儿，却会乱飞，青春的情感，隐蔽在何处呢？《山楂树》等歌来了，他们的情感终于找到寄存的地方，他们唱着歌，青春的热血，在血管里，一次又一次地奔流。

今天，他们所怀念的，或许不单纯是这样美丽的音乐，而是那个青春年华里，所承载的美好信念，还有，他们洒下的热血和汗水。流年似水，似水流年，却有一朵朵山楂花，繁密地开在他们记忆的枝头，让他们在追忆往昔时，不至于迷了路。

喀秋莎

1939年，当一个名叫伊萨科夫斯基的男人，在纸上写下《喀秋莎》这首歌的歌词时，他万万没想到，两年之后，这首歌，会飞遍欧洲大地，继而在全世界传唱起来，成为一种信念和象征，从此经久不衰。

1941年7月，乌克兰一望无际的原野上，麦子熟了。金黄的麦穗，洋溢着成熟的香气。远处的村庄上，有金发碧眼的姑娘，有恋爱中的小伙子，还有哞哞欢叫着的牛羊。夕阳西落，炊烟缕缕，缠绕着空中的麦香。一切多么幸福安详。然而，这片平和宁静的土地，却被突然而至的炮声碾碎。轰隆隆，轰隆隆，德国兵排山倒海而来，他们疯狂地跳着死亡之舞，使这片安宁的土地，刹那间变得千疮百孔，满目疮痍。荒野里，尸体纵横。小草在燃烧，麦子在哭泣。

苏联的卫国战争爆发了。一个个青年男子，走出家门，自发组织起来，奔赴前线。他们中，有许多人甚至从未穿过军装摸过枪，都知道这一去，就是关山险阻，生死两茫茫。但为了心爱的家园，他们情愿用肉体，去抵挡德国人的坦克和大炮。一批人倒下，另一批人又跟上。当又一列青年士兵，怀着必死的勇气，从莫斯科开赴第聂伯河前线的时候，一队女学生，突然出现在送别的人群里，款款深情地冲他们唱起了《喀秋莎》："正当梨花开遍了天涯 / 河上飘着柔曼的轻纱 / 喀秋莎站在峻峭的岸上 / 歌声好像明媚的春光／她在歌唱草原的雄鹰／她在歌唱心爱的人儿……"歌声婉转悠扬，如一群百灵，在春天的枝头啁啾。翠绿的音符，纷纷飘落在青年士兵们的心上，滚烫，情意绵绵。士兵们忍不住热泪盈眶，他们念着喀秋莎，喀秋莎，胸膛里仿佛蛰伏着一只鸟儿，红嘴绿身子，带着爱情的甜蜜，就要飞了，就要飞了。其时，正黄昏，血色的晚霞，浸染着那片可爱的土地。

此后，在漫长的铁路线上，在第聂伯河的每一个村庄，在炮火纷飞的战场上，出现了这样一个奇怪的现象，每一个苏联士兵，都高唱着《喀秋莎》，一往无前地迎着死亡扑去。"驻守边疆年轻的战士／心中怀念遥远的姑娘／勇敢战斗保卫祖国／喀秋莎爱情永远属于他"，美丽的喀秋莎，神圣的喀秋莎，那个从未谋面过的亲爱的姑娘，他们的爱！他们要为保护她而战！

战争还在残酷进行中，每天都有成千上万的俄国人死在战场上，德国人表面一片辉煌。然而，就在这时，一种新式武器，多管火箭炮，被送到了苏联士兵手中。这种武器没有任何标记，只在沉重的炮架上刻着一个醒目的"K"字，是代表"共产国际"兵工厂。但士兵们不知道，因"K"与"喀秋莎"的第一个字母相同，士兵们就亲切地唤它喀秋莎。他们带着心爱的"姑娘"驰骋沙场，终于在四年后，迎来战争的胜利。

如今，大半个世纪过去了，那些硝烟弥漫的日子，已渐渐隐遁在历史的长河里。但美丽的喀秋莎，却依然活在每一个俄罗斯男人的心里，成了他们永恒的恋人。隔着岁月的河流，喀秋莎站在峻峭的岸上，轻轻挥扬着阳光的鞭子，放牧着歌声。她肩上的长发，闪着麦子一样的光芒。梨花开遍了天涯，向人们传递着这样一个信息：和平多么美，世界多么美！

莫斯科郊外的晚上

1956年，苏联上演了一部大型文献纪录片《在运动大会的日子里》，片中共有四首插曲，《莫斯科郊外的晚上》就是其中之一。曲作者是当时苏联很负盛名的索洛维约夫-谢多伊，词作者是著名的诗人马都索夫斯基。

曲子的第一乐句是自然小调式，第二乐句是自然大调式，第三乐句旋律小调式的影子一闪，第四乐句又回到了自然小调式，气息宽广，生趣盎然。索洛维约夫-谢多伊作它时，颇费了一番匠心。然这首曲子在当时反响并不大，直到1957年第六届世界青年联欢节在苏联举行时，《莫斯科郊外的晚上》一举夺得金奖，人们才开始注意到它。来自世界各地的青年唱着"但愿从今后，你我永不忘，莫斯科郊外的晚上"，恋恋作别莫斯科。从此，这首旋律优美的歌曲飞出了苏联，在世界各地广为流传开来。

1958年，莫斯科举办第一届国际柴可夫斯基钢琴比赛，一等奖获得者是来自美国的青年钢琴家范·克莱本，他在告别音乐会上激动地弹奏起《莫斯科郊外的晚上》。他的琴声瞬间被雷鸣般的掌声淹没，全场听众情不自禁地站起来，跟着琴声一齐高唱。后来，克莱本回到美国后，把这首歌曲当作他演出的保留曲目。美苏"冷战"期间，美国另一位歌手肯尼·

鲍尔用英文录唱了这首歌，成为当时美国的畅销唱片。彼时，它成了一束和暖的阳光，照亮人们僵硬的心，重新唤出人们埋藏在心底的爱。人们唱着"但愿从今后，你我永不忘"，心变得柔软。世间什么都可以丢，唯有爱不能。

在法国，作曲家兼歌手弗朗西斯·雷马克，给这首曲子重新填上法语歌词，取名《铃兰花开的季节》，并在法国传唱，红极一时。苏联的"若克"歌舞团到巴西访问演出，演唱巴西人的《桑巴》，巴西观众则高歌这首《莫斯科郊外的晚上》作为回报。这首歌还传到尼日利亚、芬兰、几内亚、日本、加拿大、澳大利亚……世界上只要有人群的地方，几乎都可以听到这首歌。不同的语言，唱着同一个旋律，表达出人们对真善美的向往。

1957年，这首歌被译成中文，在中国传唱开来。之前，年轻的翻译家薛范，于偶然间听到这首歌，立即被它优美的旋律所吸引。但苦于找不到好的切入点，把它翻译过来。一个雨夜，薛范在大街上，想着这首歌的旋律。昏黄的路灯，洒下淡的光影。路边的梧桐树上，间或有水珠往下滴，滴答，滴答，声音清脆。夜，异常的静谧安宁。突然，从一幢楼里传来钢琴声，是他喜欢的肖邦的《降E大调夜曲》。琴声如瀑布般的泼洒开来，他若有所思地站住了，静静聆听。空气中弥漫着潮湿的异样的气息，像纯洁的爱情。回家后，他灵感突现，只一小时，就译出了这首《莫斯科郊外的晚上》。

这以后，几乎没有一种音乐刊物、一本外国歌曲集子没有发表过这首歌，也几乎没有一家唱片公司没有录制过这首歌。无论男女老少，都能哼上两句"夜色多么好，心情多爽朗，在这迷人的晚上"。人们唱着它，走进工厂，走进学校，走上广袤的田野。它不再是单纯意义上的歌唱莫斯科近郊夜晚的景色，也不仅仅是歌唱爱情，它已融入了人们对祖国、对亲友、对一切美好事物的爱。

现在，半个多世纪过去了，这首《莫斯科郊外的晚上》却不曾老去，它已成为经典，常被人们挂在嘴边哼唱。年轻人哼着它，朝气蓬勃，热情欢愉。上了年纪的人再听这首歌，就是重温旧时光了。他们会听得泪流满面，曾经的青春、热血、爱情、希望，都在这首歌里澎湃，让他们的心，一次又一次地湿润起来。

云水禅心

好的曲子，是百听不厌的。

比如，我正在听的这首《云水禅心》。佛曲。四五年前，我初遇它，惊为天曲。魂被它一把攥住，满世界的喧哗，一下子退避数千里。

清清爽爽的古筝，配以三两声琵琶，如隔夜的雨滴，滚落在萋萋芳草上。一扇门，轻轻洞开，红尘隔在门外。人已完全做不了自己的主了，像懵懂的幼儿，一步步被它引领着，走近佛，走近禅，走近灵魂最初的地方。竹海森森，有泉水丁冬。有清风徐拂。有白云悠悠。有鸟鸣声交相呼应。鱼儿在清泉里，摇头摆尾。它们在一起，自吟自唱，相安无事。空气是绿色的，你甚至感觉到，有扑面而来的清冽和甜蜜。静，真静哪！这时候，你的心，化作一泓泉水流过去，化作一缕清风吹过去，化作一朵白云飘过去。不，不，还是化作一尾鱼好了，在清泉里，自由自在地游弋吧。

我的窗外，夏天的燠热一步一步逼近。今年的季节有点怪，春天久盼不至，夏天却急不可耐，一马当先，攻城略地——天气是猝不及防热起来的。可隔了一年未听，这首《云水禅心》，还是一如既往的清丽。再多的烦躁，在它的轻抚下，也一一平息。

云水？这个词真是绝妙！云是天上的水，水是地上的云。它们到底谁是谁呢？一个，是另一个的影子，相互倾慕，相互辉映。

不记得在哪里看到的一句话了：云飘到哪里，人追到哪里；水流到哪里，人走到哪里。这天与地，原不是太阳的，不是月亮的，而是云的，是水的。

那一日，与几个朋友相约，去几百里外的便仓看牡丹。那里有传说中的枯枝牡丹——紫袍和赵粉，枯枝之上，绽放欢颜，花开七百四十年。驱车途中，一条河在我们一侧，一路跟随。天空晴朗，云朵洁白。我们一边看水，一边听着《云水禅心》。突然撞见一个老渡口，有渡船停在岸边。午后清闲，老艄公独倚在船头，望天。隔岸，一个村庄像一幅水粉画，静止在那里。满坡的油菜花，还没开完，将谢未谢，把半条河给染得金黄。黛青的瓦房，散落在菜花间。

我们跳下车，奔过去。同行中，有四十大几的男人，激动得像个孩子，拿起照相机，一通猛拍，嘴里不停地嚷，多好啊，多好啊。

好什么呢？这天！这地！这云！这水！这渡口！老艄公倚在船头，气定神闲地看着我们。他是见多识广的，单等我们说，过河去。

真的过河去了。一人一元的渡船费。我们说，不贵不贵。好奇地问老艄公，你一天要渡多少人过河呢？他答，有时多，有时少。我们笑了，这话，像禅语。

船向对岸划过去，击起水花一朵朵。水里的云影，被搅碎了，又很快缝合。靠岸，我们扑进岸边那片菜花地，走小径，过小桥。桥下忽然荡来一条小船，上面载着一些农用物品。船上有三人，两个男人，一个女人，女人头上系着花头巾。他们一门心思撑着小船，从我们跟前划过去，划过去。岸边杨柳青。

我们忘了要去的目的地，在那个小村庄里流连，心里涨满莫名的感动。人生的相遇，相见，相别，是这样的不确定，又是这样的合情合理。佛家说，云在青天水在瓶。一切的物与生命，原都以自然的面貌，各各存活在自己的岁月里。像那个老渡口，一河的水，倒映着岸边的油菜花，倒映着蓝天白云。午后的阳光，泼泼洒洒。一艘小船，从时光里，悠然撑过。

望春风

　　《望春风》是台湾四大名曲《四月望雨》中的一首。1933年，台湾青年李临秋，因受古典小说《西厢记》中诗句"隔墙花影动，疑似玉人来"的启发，灵感突现，创作出歌曲《望春风》的歌词，把思慕爱情的少女，描写得惟妙惟肖，心思点点，似花吐蕊。作曲家邓雨贤采用了传统五声音阶旋律，为其谱了曲，曲调优美婉转，柔情款款，与歌词丝丝入扣，珠联璧合。一首《望春风》，从此成为台湾最具代表性的民谣，大半个世纪以来传唱不衰。更有多种乐器演奏过它，萨克斯、葫芦丝、月琴、琵琶、古筝……翻转出千般滋味。

　　我最初听的《望春风》，是萨克斯演奏的。在那之前，我一直以为萨克斯是属于阳刚的、浑厚的，是着了正装的青年男子，头上戴一顶镶了红边或黄边的白帽子，手上戴着雪白的手套，站成一排，鼓着腮帮吹，有排山倒海的气势。却不知，它也有柔媚的一面。在《望春风》里，它简直就是个眉目含翠的女子，眼波流转中，有多少的情和爱，欲说还休。低吟浅唱，倚窗守望，原都是为了那一个人呵，"听见外面有人来，开门该看觅。月娘笑阮是憨大呆，给风骗不知。"思念是这样的叫人魂不守舍，稍稍的风吹草动，也能惊起涟漪，仿若闻到他的呼吸。"独夜无伴守灯下，清风对面吹"，眼看着月娘又升上树梢，今夜，她的等待会不会再次落空？哎，真替这个姑娘着急。

乐曲荡开，仿佛旋开万顷碧波。谁与谁隔着湖岸，永远泅渡不过？浪头上一朵白莲，幽幽飘远——"等待何时君来采，青春花当开"。君为何为何还不来？

我想到了唐人乐府《长干行》：

君家何处住，妾住在横塘。停船暂借问，或恐是同乡。

碧波之上，舟来帆往，喧闹声此起彼伏。诗中女子，随船远行，异乡的天空下，水波激荡着孤寂。这日，她正趴在船窗上，百无聊赖向外张望呢，耳中突然传来熟悉的乡音，循着声音找过去，她也就望见了邻船上说话的年轻人。哦，面皮白白的年轻人，让她的一颗心，就那么弹起琵琶来。她想都没想，跳出去，叫停了她家的船，张口就冲对面问道，请问你这是要去往哪儿呀，我家是横塘的。话刚出口，她大概意识到自己的唐突了，赶紧羞红了脸解释道，啊，我听你说话的口音像我们那个地方的人，或许我们是老乡呢。

我很想知道他们的结局。若她未嫁，他未娶，是不是就能成就一段美好姻缘？只是世间相遇容易，相爱却难。

年近四十还未成家的朋友，天天梳洗打扮了去相亲，好不容易谈了一个律师，离婚的，带着十岁的小男孩。她全部身心投进去，给小男孩织线衣，买玩具，做好吃的，千般讨好，只为了让那孩子能接纳她。我问她，你这是何苦呢？她自嘲地一笑，不这样，又能怎样？我都这么老了，再不爱，来不及了。

我无语。是啊，我们的一生短暂，春风经得起几回望呢？望着望着，也就老了。

虫儿飞

乍听到童声合唱的《虫儿飞》时，我狠狠愣住了，心里慢慢滋生出一种情绪来，透明，脆弱，还有些，薄薄的忧伤。

"黑黑的天空低垂，亮亮的繁星相随，虫儿飞虫儿飞，你在思念谁？天上的星星流泪，地上的玫瑰枯萎，冷风吹冷风吹，只要有你陪……"孩子们的声音，清丽悠扬，如小手，在你的心上轻轻叩。歌曲的旋律简单明了，只要听上三两分钟，准能哼唱起来。词也朗朗上口，好记。却裹挟着一股力量，把往昔的门一扇一扇撞开，让你不由自主跟着它跌进去。一颗心，慢慢蜕去它坚硬的外壳，露出柔软的内核。

说不出话来，只静静地，一遍一遍听。一群孩子在反反复复地唱："虫儿飞花儿睡，一双又一对才美。不怕天黑只怕心碎，不管累不累，也不管东南西北。"窗外，是五月的晴天，风中有淡淡的槐花香飘着。大太阳照着人家的琉璃瓦，闪闪发光。而我却分明看到无数的虫儿，在孩子们稚嫩的声音里，纷飞如雨。

那是一些夏夜。天上的繁星，多得像洒落的米粒。是的，我总是要想到米粒。稻子的气息，弥漫在不远处的稻田里。晚风飘摇，所有的稻子，都顶着一头的稻花，在做着米粒的梦。我的父亲母亲，望向稻田的神情是愉悦的，稻花香里说丰年呢。他们知道，不久的将来，那里站立着的，就是一粒一粒白白胖胖的大米。

人们聚集而来，在门前的场地上纳凉。大家东一句西一句闲话，白天的劳累，渐渐消融在夜色里。明天又是一个大好天哪，他们抬头看看天，说。天上米粒一样多的星星，在眨着眼睛。一个晚上的养精蓄锐，足够让他们第二天再精神焕发地去地里劳作。

萤火虫们来了，成群结队，提着"小灯笼"。这时的天下是它们的。它们一会儿飞到东，一会儿飞到西，一会儿飞到南，一会儿飞到北，热闹极了，把黑暗划出一波一波的光亮。我们小孩子是坐不住的，追着萤火虫跑。跑过一片黄豆地，跑过一条开满野菊花的小沟，跑到人家的竹园里去了。母亲的怒斥声响在身后，快回来，不怕被蛇咬到啊！那时，草地里多蛇。母亲一提到蛇，我的心里咯噔了一下，我是特别怕蛇的。但这样的恐惧，还是抵不过奔跑的欢乐，我们继续追着萤火虫跑，手上的玻璃瓶里，很快装满了萤火虫。

吃斋念佛的祖母，是不允许我们"杀生"的，关在瓶子里的萤火虫，后来都被祖母悉数放了。我们并不在意，我们在意的是，追着萤火虫奔跑的快乐。人生中的许多事，结果是什么并不重要，重要的是那个奔跑着的过程。

也有一些夜晚，我们被祖母按在凉席上，乖乖纳凉。萤火虫在我们周围调皮地飞，凤仙花兀自在屋檐下浅睡。祖母会给我们讲故事，或教我们辨认星星。我们认识了牛郎星和织女星。还有一颗星星，祖母唤它懒婆娘星。说是这个懒婆娘挂蚊帐，只挂了三个角就懒得挂了，导致她的蚊帐第四个角一直耷拉着。我们睁大眼睛去找，果真看到一颗很亮的星星旁边，绕着四颗星星，三颗在上，一颗在下歪着。

这是童年的好时光，虫儿在飞，花儿在睡，星光点点。以为此生此世，永远是这般模样，无忧亦无虑。等到再回首，却早已物是人非。"黑黑的天空低垂，亮亮的繁星相随，虫儿飞虫儿飞，你在思念谁？"孩子们的声音里，有着胡琴一般的忧伤。记忆里的温暖，开始闪烁。在繁星密布的天空中。在稻花飘香的大地上。

滚滚红尘

那年,初听《滚滚红尘》,是在一个夏夜。在偏远乡镇的一条街上。

乡镇的街,不大,一杯茶没喝完,也就能走到尽头了。街边却有家音响设备齐全的歌厅,常聚了一些人去唱歌。《滚滚红尘》就是从那家歌厅的窗口飞出来的,男女声二重唱,声音凄迷又悱恻,如三更落下梧桐雨。

我正好走在那条街上,一时间被歌声震住,站着,呆呆地听完。怅然若失。街上空无一人,除了我。天上一轮月,那么白那么白的月光洒下来!

后来,我得到一盒磁带,黑白封面,上面印有三毛的一张照片。侧面像,眉梢间含烟吐翠,是抹不掉的哀与愁。整盒带子里,反反复复只一首歌,是首《滚滚红尘》。有对唱的,有纯音乐的。中间穿插着三毛大段大段的旁白,声音绵软,有滴水般的凄清。

那个时候,三毛是不是决意要去了?没人能揣测。我得到这盒磁带时,三毛已故去好几年了。一匹黄沙万丈布啊,她终于,被兜头兜脸裹住,成了一粒尘,飘向她的大漠去了。

音乐起处,是陈淑桦的声音:"起初不经意的你,和少年不经事的我,红尘中的情缘,只因那生命匆匆不语的胶着",天地辽阔,突然就有那样两个人,在滚滚红尘里相遇,退也无处退,躲也无处躲。就像三毛之于荷西,六年的曲曲弯弯,千山万水隔遍,还是遇上了。那就这样吧,相爱着，厮守着，在一个屋檐下，你给我制作木头书架，我给你包胖胖的水饺吃，做一对平凡的夫妇。

要得并不多啊，我只要你一个，不要前世，不要来生，就这一辈子好了。却偏偏有别离。歌声如诉，潺湲处，三毛说，我握着他的手，叫着荷西，荷西，我看到他的眼里，流出泪来。那是荷西溺水而亡后，三毛在太平间守着他。梦里落花，几多情缘，终是"分易分，聚难聚"，谁能敌过这命中劫数？也只能这样解释，有些人到这世上来，就是为了来受一场爱的苦。就像林黛玉之于贾宝玉，她要用她一生的泪，偿还前世欠他的甘露情。泪尽，情缘也就尽了。从此，归入渺渺。

有朋友远在甘肃，跟我说起当年事。当年，他十九岁，怀揣着只够坐车的钱，一个人远离家乡去外地谋生。车上满满的，都是陌生。乘务员提着把大铝壶，在人行道上来来回回。铝壶里装的是白花花的牛奶，五毛钱一杯。他看到有人买，白花花的牛奶倒出来，散发出诱人的奶香。他使劲把头扭向窗外，抑制住心里想喝的冲动。这时，列车经过一片沙地，有阳光扑过来，广播里突然传来《滚滚红尘》的旋律："起初不经意的你，和少年不经事的我……"陈淑桦幽幽的声音甫一开腔，就让他迸了个泪水飞溅。他说，现在回想起来真奇怪啊，在那之前我不悲，也不伤，真的。可是我一听到这歌，就哭了。

我在电脑前沉默。红尘滚滚，各有各的遭遇与心境。沧海桑田，多少的人和事都成过往，而我们，还好好地在着。这样的存在，足以令我们心怀感恩。

回　家

　　从来没有哪一首曲子，能像《回家》这么普及，这么深入人心。它几乎是以泛滥的姿势出现的，咖啡馆、商场、宾馆、学校、工厂、车站、码头，甚至菜市场，只要有人群的地方，这首曲子，总会不经意地响起。

　　萨克斯的演奏，使得整首乐曲的情绪，从一开始，就饱满得像一只熟透的柿子，轻轻一碰，那甜蜜的果肉，就软成一摊绯红。让听的人，不知不觉沉进去，你会不由自主地想起很多：故乡的田埂道，弯弯曲曲，路边开满野菊花。麻雀成群结队地飞过头顶去。芦苇荡里，有斑鸠在叫，咕咕，咕咕。孩子们在野地里追逐着，像追风的猫。太阳斜斜地落下去，最后的光芒，把一个村庄染红。母亲的红头巾，从田野那头飘过来。家里养的小黑狗，摇着尾巴来迎接放学归家的你。炊烟升起来了，一个村庄笼在炊烟里。

　　家，多么亲切的家！院墙上，趴着开得好好的丝瓜花。院子里，长一棵枣树两棵梨树。五六岁的小丫头，天天仰着脖子往树上看，梨子什么时候能吃啊？枣子什么时候红啊？无论你走多久，走多远，这记忆里关于家的一幕幕，都永远在记忆里鲜活着。

　　我想起湘西的"赶尸"来。传说在远古，湘西汉子征战沙场，客死他乡。家人为了让他们返回故土，特请巫师，把他们从千山万水外"赶"回家，入土为安。于是产生了专门赶尸的赶尸匠，使得赶尸这一行当兴旺起来。赶尸匠手拿摇铃，念动咒语，所赶尸体便都奇异地站起来，很听话地跟着他走。他们昼伏夜出，翻山越岭，历尽艰难险阻，只为回家转。

这个传说深深打动了我。有一年去湘西，我特地跑去观看赶尸表演。低沉的音乐，在幽暗的舞台上响起来，那些"尸体"，随着"赶尸匠"的铃声，缓缓立起，一个一个，跟着前行。他们越沟蹚河，在"崇山峻岭"中跋涉，我忍不住热泪奔流。"家，回哪个家？门前长满小草和野花"，这首不知什么时候听过的歌，突然浮上我的脑际。我想立即奔回家去，我的父亲还在，我的母亲还在，我记忆中的小院子还在，我要好好爱。

坐出租车去城外办事。车上反复播放着的，是这首《回家》。曲调舒缓缠绵，让人的心一点一点没进去，百转千回。司机是个健谈的人，他说他干这行十来年了，不曾出过一起交通事故。他的语气里，颇多骄傲。我微笑着听，我说，是啊，真不容易。他突然笑说，我一出车，就放这首萨克斯的《回家》，喜欢听呢。我听着时就想，我要好好开车，注意安全，我要平安地回家。因为，我的老婆孩子还在家等着我呢。

为他感动。尘世间最大的幸福，莫过于有家可归，有人在等。

有面鼓叫阿姐鼓

世上还有这样一面鼓，叫阿姐鼓，这是我听朱哲琴演唱的《阿姐鼓》时才知道的。

对鼓，我不陌生，从小的记忆里就有。那时一听到鼓声，我们欢快的脚步就止不住。有鼓敲着的地方，总是有热闹可看的，不是乡里宣传队在搞演出，就是某个青年又应征入伍了。只听咚咚咚，咚咚咚，敲出一片喜气洋洋来。平静的乡村，因这鼓声，而焕发出巨大的欢喜，久久不散。

《阿姐鼓》里也有一面鼓，做了整首歌的魂，不时咚咚咚地敲响，敲得人心惊肉跳的。是的，我是这样的心惊肉跳。窗外的一方暖阳，温暖得跟火盆似的，我却觉得冷。很彻骨的感觉。

我一遍一遍听，着了魔般的。伴奏的乐器，以吉他为主，嘭嘭嘭的像敲鼓，敲出无边无际的肃穆与凄清：

我的阿姐从小不会说话，在我记事的那年离开了家，从此我就天天天天地想，阿姐啊。

一直想到阿姐那样大，我突然间懂得了她，从此我就天天天天地找，阿姐啊。玛尼堆前坐着一位老人，反反复复念着一句话……

朱哲琴如泣如诉地唱着,听得人心碎。故事是那样的凄惨,昔日西藏农奴制下,有一种祭神用的鼓,叫阿姐鼓。它是用人皮做的,是纯洁少女的皮。这个少女,从一诞生起,就注定了要被做成阿姐鼓的。她被独自养在一间屋子里,屋子的门窗紧锁着,她接触不到外人,外人也接触不到她,她不会说话,没有思想。直到她长大,她的皮可以用来做阿姐鼓了,她这才被带出屋子。

一幅惨烈的画面,投射在历史的影壁上:美丽纯洁的少女,一身白色藏袍裹着她。她的肌肤,闪烁着瓷器般的光泽。未被尘埃染过的眸子里,映着雪域高原上的蓝天白云。高高的祭坛上,燃着烛火。少女懵懂地一步一步走上祭坛,她不知道围着她的那些凶恶的人,要拿她做什么。她不会争辩,也不懂险恶,她像一头误入尘世的小兽,任人宰割。神在哪儿呢?神正蜷在神坛上睡着觉。

"天边传来阵阵鼓声,那是阿姐对我说话……"朱哲琴的声音,不施粉黛,却惊艳无比。如婉转的一个眼神,汪着清泠泠一湖水,深不见底。如山峰上的一捧雪,晶莹透亮,不染尘埃。它是酥油灯下,翻着的一页佛经,在时间的长河里纯粹着,纯粹出辽远与空旷来。特别是收尾处那一声声"唔嘛呢叭咪唔嘛呢叭咪",真悠长啊,勾魂摄魄。是一眼望不到头的旷野啊。是眼光攀不上的高山哪。它让人极易想到生与死,想到日月轮回,想到生命中的惑与谜。

这是上苍赐予的神秘。生生世世,谁是谁的劫?一面阿姐鼓在敲响,"从此我就天天天天地找",消失的阿姐,她的灵魂在鼓上开了花。玛尼堆上的石子,都是谁的虔诚和信仰?那一颗颗滚烫的心啊,永不停息地在跳着,咚咚咚,咚咚咚,在朝圣的路上,络绎不绝。

卡萨布兰卡

1943年,一部名为《卡萨布兰卡》的影片,风靡全球。影片讲述的是一对青年男女,因机缘相遇,相爱,最后却走散。再度重逢时,是在卡萨布兰卡的街头。这个时候,纳粹的铁蹄已踏遍欧洲。女孩子也已嫁人,所嫁之人是捷克反纳粹组织的领袖。为逃避纳粹的魔爪,他们来到卡萨布兰卡,想获得一张通往美国的通行证。守在这里的男孩子,与女孩子重拾旧爱,却回不去了。最后,男孩子选择了放手,亲自送女孩子和她的丈夫安全地离开。

影片中的阴错阳差,本也平常,但因发生在非常状态之下的"二战"期间,爱和被爱,都遍布伤痕,直拷人性,所以有着非同寻常的感染力。那座砌满白色房子的卡萨布兰卡,也因这部影片而声名大振。后来的人们,喜欢沿着影片留下的足迹,去找寻梦中的浪漫与感伤。

我知道卡萨布兰卡,缘于一首歌《卡萨布兰卡》。很多人误以为它是影片《卡萨布兰卡》的插曲,实际上不是。不过,它却是因这部影片而诞生的。20世纪70年代,一个名叫Bertie Higgins的音乐人,在看完这部影片后,情不自禁挥笔写下了与影片同名的这首歌。

秋天的一个上午,我在朋友家里,坐在她家刚刚擦过的地板上,翻一本她新买来的画册。画册里,铺陈着大片的原野,原野上开满了大朵大朵的向日葵。这时，朋友打开了音箱，一上来就是这首《卡萨布兰卡》。略带沙哑的男声，深情得像一口深潭，旋律如同潭水上泛起的细波。我静静听，不知为什么，竟觉得那一波一浪上，都息着一朵开好的向日葵，在寻找心中的阳光。那消失在云端里的爱情，真叫人忧伤。

是那样的夏夜，小城的街上，人迹已稀少。一对年轻人，沿着街道漫步，他们刚刚一起观看了经典的片子《卡萨布兰卡》，还沉浸在影片的故事情节中。他们并排走着，并不曾说话，只是那样走着，脚步声和着脚步声。彼此的心意，却如月光朗照。忽然，他停下来，她也停下来，站定，互相凝望。月光的影子，在他们的脸上荡着。有那么一刻，他们不能分清那是梦幻还是现实：

恍惚身临其境牵着手，如在吕克饭店。我们避开晃动的光线，但月光洒满你胸前。在那辆老式雪佛莱车里，不知是光影还是梦幻？

不知何时，他的手，已牵了她的手。爱情就这样来了，他们所在的小城，成了另一个卡萨布兰卡。他们决心要在这里好好相爱，厮守一生。虽然这里还贫瘠着，可那有什么关系呢？他们有的是热血和真情。可口可乐和爆米花，也赛过香槟和鱼子酱的。

这是歌曲的前一部分，它让我想起一些往昔。那个时候，我二十岁刚出头，在一个偏僻的乡镇工作，住在单位简陋的宿舍里。遇见那人，他除了拿一份固定工资外，也别无所有。两个贫穷的人儿，在夏夜的天空下，一起憧憬未来：房子不要大，只要装得下我们两个就行。最好带个小院子，让我可以种种花草。我们还可以养一只猫、两只鸡。下班了，我们一起去菜场买菜，一起回家做饭。这样的日子，光想想就很幸福。那时，我们的头顶上，群星闪烁，永生永世的模样。

歌曲的后一部分，是男主人公一遍一遍呼唤女主人公回来，回到他们相爱的"卡萨布兰卡"。他的心,永远等在那里,无论多久也不会改变。

是的,当一切成为追忆,时过境迁,还有一个叫"卡萨布兰卡"的地方,还有一颗等待的心,让我们有着湿润的期待和向往。

雪舞时分

在西南太平洋群岛上，流传着这样一个传说：家住太阳深处的美人鱼，会顺着彩虹来到人类出没的水域。夜晚，她们坐在太平洋群岛中的礁石上，吹起风笛，笛声随着风传送得很远很远，忧伤而美丽。当地的美拉尼西亚人，把她们叫作 Adaro。但这些"阿达拉"，不同于古希腊、古巴比伦神话中的美人鱼，她们是有危害的，常常袭击人类。

德国中古实验民谣乐队，亦取名 Adaro。不知他们是不是想借助遥远的传说，来向人们传达一种远古的神秘。听他们的曲子，使人不由自主想到美人鱼，不由得沉入到一种苍茫里，是海天一色的苍茫。这其中，最为经典的曲子要算 Es Ist Ein Schnee Gefallen，汉译为《雪舞时分》。

这是一首唱雪的曲子。苏格兰风笛铺开的音乐背景，散发出浓郁的日耳曼民族风情。清亮的女声，如雪粒一样迷人。一首幽怨的曲子，被她唱得骨骼清秀，光华璀璨。像帽檐上缀着的红宝石，光芒直逼人的眼。

冬天。光秃秃的树。远处的山峦。尖顶的小屋。天空低沉，长发的女子，素着一张白皙的脸。眼睛里，下着雪，一片，一片。尖尖的屋顶，没在雪里面。屋里应该有温暖的壁炉吧？抑或有香甜的饼，正冒着热气。结果，却叫人失望了。

小屋怎奈刺骨寒？君当怜我于此时，处境不堪，身心俱碎。请带我入你臂弯，让那冬天逃亡。

心中充满如火的渴望，却又这样的孤单无助。如雪舞，从落入凡尘的那一刻，就注定是一场凄清的独舞。

闭起眼听，雪花淡去。仿佛到了无人的海边，海风柔软得似女人的鬓发，碰到亲爱的人的脸，就那么轻轻拂过，心底里，留一片温存。柔和甜美的女声，乘着浪而来，从海的深深处。妖媚，清冽，是传说中的美人鱼啊，用她曼妙的声音，吸引航海的水手们。月色。倒影。心中的爱情。

我想起安徒生的童话《海的女儿》，那个不朽的精灵——小小的海公主，她的皮肤又光又嫩，像玫瑰的花瓣。她的眼睛是蔚蓝色的，像最深的湖水。她的歌喉，美好婉转。海底的世界是安逸的，有三百年的光阴好度，地久天长的模样。她却向往人世间的爱情，向往亮着的灯的窗口，还有王子那张清秀的脸。人世的美好不期而至，可怜的小人鱼，怎么也放不下。最后，为了爱，她心甘情愿割下舌头，换得巫婆煎的药，喝下，鱼尾割裂成两条漂亮的人腿。她离开海底宫殿，一步一步走向心中的王子，每一步，都滴着血。然尘世间，多情总被无情恼，她没能收获到爱情，最后化作泡沫，一点一点消失在万顷碧波之上。

这是爱的最高境界，我用我的生命，成就你的地老天荒。如今，二百多年过去了，海的女儿，还活在我们的惦念里。

美丽的诺恩吉雅

很喜欢听一些少数民族的歌曲，它们或绮丽，或婉约，或活泼，或缠绵。这是一个民族的魂。这里面，蒙古族民歌，是独占一席的。那个马背上的民族，用高亢的歌喉，演绎着他们的情和爱，策马扬鞭走过人生的一季又一季。

《诺恩吉雅》，是其中的代表作。

初次与《诺恩吉雅》相遇，是在草长莺飞的三月。我找马头琴的曲子听，无意中听到这首曲子，立即不能呼吸，心疼得蜷成一团，却不知因何而疼。耳畔仿佛正吹着秋天的风，树叶哗啦啦的，落了一地。

这样的曲子，自然离不开马头琴。这种乐器，有倚门千呼万唤的感觉，自带了悲戚。曲子的开始，是清亮的女声，喊出一声"啊"。像站在高高雪峰上的孤独的狼，叫声里裹着雪，四周风声不绝，没有别的生灵，连树也没有一棵。凄艳，空寂，苍苍茫茫。随后，马头琴响起，曲子曲折而上，而下，柔软无骨。有种悲凉，像蜿蜒的小蛇，慢慢爬进人的心里面，在心尖尖上打转，嘶嘶，嘶嘶。上是蓝天白云，雪峰高于天齐，鹰也飞不过。下是茫茫草原，与天相融，马也跑不到。关山重叠，道阻且长。

曲子的背景，令人唏嘘。传说，有一个美丽的蒙古族姑娘，名字叫诺恩吉雅。她原是王爷的女儿，国色天香。到及笄之年，被迫远嫁他方荒凉之地。没有得到美满幸福，男人在她新婚不久，就撇下她外出，经年累月不归家。她独守空房，举目皆是陌生与凄凉。她思念家乡，日夜啼哭。他们家里，有个会唱歌的马佗，很同情诺恩吉雅的遭遇，就天天唱歌给她解闷。这首《诺恩吉雅》，据说就是这个马佗唱出来的。

歌曲幽幽，是"薄雾浓云愁永昼"，是"寂寞梧桐深院锁清秋"，惆怅，凄婉，愁肠百结。

老哈河水长又长，岸边的骏马拖着缰，美丽的姑娘诺恩吉雅，出嫁到遥远的地方。当年在父母的身旁，绫罗绸缎做新装，来到这边远的地方，缝制皮毛做衣裳……

平静的诉说，却暗伏着巨大的人生悲欢。起起落落间，一匹马，就这样把美丽的姑娘，驮到遥远的他方。她的大好年华，成了栖落在衣襟上的一朵花，庭院深深深几许。我且听且息，中途要若干次游移了我的目光，转移了我的注意力，才能止住心中的疼痛。我的窗外，春光明媚。树长叶了，草冒芽了，万物在复苏，一派的欣欣向荣。诺恩吉雅呢？她还锁在她的深院之中，生命里的春天，成了她一生遥不可及的梦想。年华在孤寂中，一日一日剥落，直至，化成烟，化成灰。

这是一个女人最深切的悲哀，爱不能做主，恨亦不能做主，一生再怎么努力挣扎，亦泅渡不过自己的命运。好在那样的年代终究去远了，再深的庭院，亦锁不住一颗女人的心了。

浪漫的夜色迷离

是无意间听到 Kate St. John 演唱的《夜色迷离》的。那日午后，我上网找资料，打开一个页面，背景音乐，就是这首《夜色迷离》。当时，我根本不知道 Kate St. John 是谁，也听不懂其中任何一句。但就是那样的旋律，那样的声音，一下子让喧闹的世界退得很远，无边的夜色，提早泊下来，四周安谧得让人想流泪。浅淡的花朵，在她的歌声里，一朵一朵幽幽开了。轻轻一个舒展，藏不住的馨香，就四溢开来。

这是一种很体己的感觉。凡尘中走得很累的心，这个时候，突然想停下来，哪儿也不去，什么也不想。

蒙住我眼睛的面纱已消失，我心中的伤痕也慢慢抚平，你把你浩瀚无际展示给了我，你无尽的微笑在闪耀……

Kate St. John 浑圆的嗓音，像老照片里绽放的花朵，无论艳红，还是鹅黄，统统都是黑白的，蓄进无限风光。只需轻轻一拽，就流溢出醉人芳华，亲切，迷人，风姿绰约。

我一下午什么也不干了，一遍一遍听这首歌，直听得夜色四合，我的内心充满宁静和渴望。这是多么矛盾！渴望？是，是渴望。渴望一次奔跑。渴望一场尽情的舞蹈。渴望一次热烈的拥抱。当路边的迎春花开得肆意张扬的时候，我对那人说，我们私奔去吧。私奔，这是多么可爱的一种逃离。在我，又是多么大胆的一种妄想。他说，好啊。我别过头去笑，笑得眼睛湿湿的。滚滚红尘中，有这样一刻幸福的妄想，有这样一个人肯陪着，够了。

你在日复一日的生活中伴着我，和我一起穿越了无数痛苦和快乐的时光，现在我终于在婆娑的灯光里找到了美好的夜色，而你那熟悉的微笑在闪耀……

Kate St. John 低吟浅唱，仿佛呓语。仿佛高脚玻璃杯里，晃动的法国葡萄酒。曾经历尽万般艰难，都无关，都无关了。因为有爱相陪，再深再沉的夜，也能安然度过。

人世间，渴求的，原不过是一个肩头的温暖。然，更多的时候，我们却活得孤单而寂寞。一个朋友，从遥远的吉林，给我打来电话。沉默半晌，他始才开口，只说一句，好累。我理解他的累，一个人漂泊在外，表面风风光光，人前喧闹，一到深夜，却不得不独自抱着一屋子的冷清。就像你刚从灯火辉煌处走出来，身上还留有那些流光溢彩，温度，却是一寸一寸冷了。灯火渐渐阑珊，世界孤寂成一座荒岛，这个时候，就特别需要安慰。

夜色迷离，夜色迷离，那是你吗？

爱如潮汐起落，轻轻一声问，就问尽前世今生。
让人感伤的是，那个"你"，究竟在何处？

你像一个冲破黑暗的礼物，又像一只鸽子栖息在我的心房。

黑暗之中，有一道光芒突然跃过，灰暗的人生，自此有了亮度。萨克斯、钢琴和风笛的伴奏，更使整首曲子，有了柔肠百转的味道。月下的影子，落在地上，听不见声响。无边无际展开的，是夜色，又苍茫，又辽远。灵魂变成一只轻灵的猫，在夜色的边缘奔跑，独舞。

外面起风了。半个月亮，挂在天上，橙黄的。天空高远得很神秘，亦很冷清。

夜色迷离，夜色迷离，那是你吗？

茫茫尘世中，"你"，原不过是一个梦中的影子，或许穷尽我们一生，也不能遇到。又或许，"你"，谁也不是，它只是我们自个儿的灵魂，在夜色迷离中，走失了，找着回家的路。这条路一定会找到吧？在我们睡着了的时候。

泪蛋蛋抛在沙蒿蒿林

羊啦肚子手巾哟三道道蓝,

咱们见个面面容易哎呀拉话话难。

一个在那山上哟一个在那沟,

咱们拉不上个话话哎呀招一招个手。

瞭的见那村村哟瞭不见个人,

我泪格蛋蛋抛在哎呀沙蒿蒿林。

羊肚子手巾三道道蓝,见面面容易拉话话难。

一个在山上一个在沟,拉不上话话招一招手。

的见那村村不见人,泪蛋蛋抛在沙蒿蒿林。

这是一首地道的陕西民歌,它有很多个演唱版本,我最喜欢的,还是陈俊华演唱的。她演唱的版本里,穿插了一些孩子的声音,在徐徐展开的旋律里蹦跳。好似响晴的光亮,落在湖面上,折射出粼粼的活泼的欢乐。孩子的笑声脆脆的,他们齐声唱着歌谣。是两小无猜青梅竹马么?那些人生的好时光,叫人回味,让人留恋不已。

歌里面的故事,很是悲情:一望无际的黄土高坡。沙蒿蒿林。村庄。奔跑的孩子。老榆树。石碾子。坐在老榆树下吸着旱烟的老人,他的沉默像块石碾子。隐隐的锣声响起来，又有姑娘嫁人了。一路走，一路泪，嫁的，不是她喜欢的那一个。大红盖头下，藏着多么深刻的悲哀。孩子们却不知，他们无忧无虑的，跟在后面，拍着小手唱歌谣，还齐齐问新嫁娘讨要喜糖。

日子又恢复成日子，一天一天。但心底的爱，如何丢得了？不过是隔着一座山，一条沟。常常，两个人会远远地"相遇"，"一个在那山上哟一个在那沟"，他还是她想念中的样子，扎着羊肚子毛巾。她无语泪先流，"我泪格蛋蛋抛在哎呀沙蒿蒿林"。举起的手，无力地冲着他摇一摇，刻骨的思念，如何能够远递？一转身，便是万水千山。

又或者，他在山上望，望她嫁去的那个村庄。村庄上空，天很蓝，炊烟飘成缕缕相思，忧伤是无边无际。他看不见她，但知道她就在那个村庄里，就在一扇门的后面，"瞭的见那村村哟瞭不见个人"，咫尺，成天涯。陈俊华的声音，把这个故事演绎得百转千回。她的音质，像在水里面浸过似的，有着湿湿的惆怅，钻进人的每一个毛孔里。又如光滑的绸缎，在月下抖开来，上面爬满风声和泠泠月光。无尽的疼痛，就这样铺开来。更兼打击乐器的伴奏，把这样的声音，衬得更是柔肠百转。山一道，梁一道，走不出那个爱啊那个想。"一个在山上一个在沟，拉不上话话招一招手"，爱情叫人如此绝望——我望得见你，你望得见我，却永远也无法走近。

独自庆幸，我不是抛着泪蛋蛋的那个女子，我在灯下写字，可以闻得见那人的气息——他在看电视；他在很响地喝水；他甚至，不顾我的强烈反对，在阳台上偷偷燃起一支烟，美美地吸。楼下的钟摆敲过十二点了，夜深了。他进来，打了一个哈欠，瞟我一眼，说，别傻乎乎的每天都写到那么晚，早点睡啊。语气是浅浅的，却透着关爱的暖。

这是相守的平常，不用翻山越岭地瞭望。多么的好！

祈　愿

《祈愿》，英文名为 *May It Be*。初见它，我用我有限的英文水平，把它译成"也许，可能"。想象的空间因此很巨大，也许这样，也许那样。一个也许，所有的结局，都成另类模样。好，或者不好，谁能说得清？唯有把一切的遭逢，都解释为注定的缘。物，或者人，在注定的时间注定的地点相遇，不偏不倚，仿佛约定。

就像我相遇恩雅的歌。

那是初夏的天，天开始热起来。空气中，到处充塞着暑热开裂的声音，"噗噗噗"，是炭炉上炖着的一锅汤，热腾腾。街上满是川流的人，看得人恍恍惚惚。耳边忽然传来恩雅的歌声，柔媚，馥郁，如空谷里的幽兰盛放。又恰似，雾霭起处，风吹露降。身边的喧闹，刹那间潮退浪止，世界宁静成一片汪洋。

隐隐的，是月。是月下的沙滩。是丛林。是溪流。是绿茵茵的草坪。是花。是树。是人间四月天。遥遥的一声呼唤："你在吗？"穿云破雾，踏浪而来。"哦，我在的。"这样应答一声。突然地想落泪。阳光的羽毛飞起来，那一刻，我只想到一个词：销魂蚀骨。

是的，销魂蚀骨。我就那样，把魂丢在六月的大街上，丢在恩雅的歌声里。身旁是羊群一样的人群，他们走在归家的路上么？我突然很盼望一扇门，盼望一个亲爱的人，我要告诉他，有你在，我不怕。不怕什么呢？风雨雷电我都不怕。只要有你在，爱就在。

折回去，寻到那家音像店，低低问："是谁在唱？"店主是个年轻的小伙子，他回我："是恩雅啊。"仿佛说故知。于是我见到她，这个爱尔兰女子，其时她正安静地躺在一张碟片上，碎发，大眼，一袭深蓝色的衣衫。

出生于音乐之家的恩雅，起初的心愿，只是想做个钢琴老师。她在哥哥姐姐的乐团里，待过很长一段时间，并不引人注目。后来致力于电影音乐的制作，在她的作品里，渗进她喜欢的爱尔兰民谣，并亲自参与配唱。她纯美的嗓音，如自然之风，吹过原野，吹过山川，叫人动容。这之后，她一发不可收拾，很快，她天籁般的声音，便席卷了爱尔兰，继而是整个欧洲。《祈愿》是她为享誉全球的电影《指环王》录制的主题曲，曾获金球奖和奥斯卡的"最佳原创歌曲"提名。

我买回那张碟，一遍一遍听：

但愿有一颗暮色之星，拂照着你，即使黑暗降临，你将揣着颗真诚的心，孤独地上路。噢，离家的路途有多远。

恩雅的声音，像有无数个温柔的小手指，轻轻地抚过我们的心，那些不安，那些沉重，那些惶恐，一一被抚平了。别怕，总有一颗暮色之星，在拂照着你。别怕，只要心怀希望，就能穿透黑暗，走到天明。

一个身处逆境的朋友告诉我，听到这首歌时，他想飞翔。

而我在听着这首歌时，我心宁静，无所畏惧。